소

년

과

장

군

소년과 장군

삶을 염려하기보다 자신과의 약속을 지켜나간 소년
도전과 위기 앞에서도 자신의 생각을 관리한 장군

이봉우 에세이

샘터

1부
소년과 버스

2부
군인과 생각

1부

소년과 버스

●

나의 일곱 살 꿈은
버스 운전수였다

1965

이불로 차를 만들고 메밀껍질이 들어가 "사각사각" 소리를 내는 동그란 베개를 세워 운전대를 만들었다. 차장 누나가 소리친다. "오라이잇!" 차는 "부릉부릉" 시장을 출발한다.

시장거리를 지나 양회다리 쪽으로 우회전을 한다. 일제시대 동네 사람들이 부역으로 만든 다리다. 나무다리는 장마철이면 죄다 떠내려가는데 이건 끄떡없었다. 잠시 직진하다 이어 오르막이다. 양지말 끝자락에서 기어를 바꾼다. 우회전을 하며 길모퉁이를 돌아 오르니 거리뜰이 눈에 들어온다.

이제 내리막길. 신작로 옆에 코스모스가 피었다. 길 위의 작은 돌들과 모래, 흙이 바퀴에 밟히며 차가 "덜덜덜" 흔들거린다. "베개, 아니 운전대를 꽉 잡아야지." 다시 오르막. 왼쪽으로 개천이 흐른다. 그쪽은 낭떠러지다. "산 쪽으로 차를 바짝 붙여 가야지." 지엠시(GMC) 트럭 한 대가 거기로 굴러 떨어져 쇠줄로 끌어 올리는 걸 본 적이 있다. "조심해야지."

곧이어 꼬불꼬불 고갯길을 내려가자 오른쪽으로 공동묘지가 보인다. 으슥한 밤에 거길 걸어 다닐 때면 등골이 오싹했다. 뛰면 누가 더 쫓아올까 봐 잰걸음으로 달아났다. 둘러멘 책보의 필통 속 몽당연필이 "달그락달그락"거리면 그 소리에 맞춰 노래를 목청껏 불렀다. 무서움이 달아났다 돌아왔다 했다.

"자, 조금만 더." 이제 모퉁이만 돌아서면 오른쪽에 집이 있고, 왼쪽 저만치에 고모 집과 친구 일근이네 집이 보인다. 우리 동네 전재다. 마음이 푸근해진다. 고개 하나만 더 넘으면 우리 집이다. "붕붕" 액셀러레이터를 밟아 속도를 낸다. 오른쪽으로 돌아서면서 차를 세운다. "휴, 다 왔다." 장에 가셨던 엄마가 꽁치와 과자를 사 들고 집으로 돌아오신다.

강원도 산골마을 우리 집 앞에는 면 소재지 시장으로 가는 꼬불꼬불한 신작로가 나 있었다. 42번 국도다. 차가 지날 때마다 하얀 먼지가 풀썩거려 한참 동안 코와 입을 막고 머리를

이불로 차를 만들고 메밀껍질이 들어가 "사각사각" 소리를 내는
동그란 베개를 세워 운전대를 만들었다.
실 귀니 믹 ㅅ 덜 튼끼 ♫개, 흙이 바퀴에 밟히며
차가 "덜덜덜" 흔들거린다.
"베개, 아니 운전대를 꽉 잡아야지."

돌려야 했다. 그 길로 하루에 몇 차례 시골 버스가 다녔다. 앞이 트럭처럼 튀어나온 버스였다. 시동을 걸 때는 운전수 아저씨가 긴 쇠막대기를 버스 앞쪽에서 안으로 밀어 넣고 힘껏 돌렸다. 하지만 "푸식, 푸시식" 하는 소리를 내며 시동이 잘 걸리지 않기 일쑤였다. 연거푸 이런 소리가 들리는 날이나 고갯길에서 그만 시동이 꺼지는 날에는 어김없이 승객들이 모두 내려 버스를 밀어야 했다.

엄마를 따라 시장에 가려고 버스를 타는 건 어린 내가 가장 좋아했던 취미였다. 그 어떤 놀이도 견줄 수 없었다. 그땐 꼭 운전수 아저씨 바로 옆에 툭 튀어나온 곳에 앉았다. (그 밑에 엔진이 있었던 것 같다.) 아저씨가 운전하시는 걸 유심히 보기 위해서다. 그때 본 대로 베개 운전대를 돌려본다. 몸도 한번 '스윽' 옆으로 돌린다. 고갯길을 돌아갈 때 운전대를 따라 옆으로 몸을 '스윽' 돌리던 운전수 아저씨를 따라 한다. 멋지다. "나도 커서 버스 운전수가 되어야지." 그렇게 내 어릴 적 꿈은 버스 운전수가 되었다.

지금의 그곳 도로는 쭉 뻗은 데다 포장까지 돼 있어 옛날 모습이 아니게 됐다. 그러나 그때 시장과 우리 집 앞 정류장까지 마음속 운전을 얼마나 많이 했던지, 내 머릿속엔 먼지 날리고 꼬불꼬불한 신작로가 40여 년 전 모습 그대로 남아 있다.

열한 살, 어느 봄날, 아픈 엄마는 하얀 한복을 입고 시장 병원에 가신다며 집 앞 정류장에서 버스를 타셨다. 집에서 신작로까지 꽤 먼 거리를 엄마는 힘들게 걸어가셨다. 버스를 타기 전 신작로 옆 돌 위에 앉아 계시던 엄마. 그 후 나는 수도 없이 시장에서 집까지 엄마를 태운 마음의 버스를 운전했다. 그러나 엄마는 끝내 정류장에 내리지 않으셨다. 그날 저만치 신작로에 힘겹게 앉아 계시던 엄마의 모습이 내가 본 살아 계신 엄마의 마지막 모습이다.

아! 마음속 운전밖에 할 수 없었던 어린 버스 운전수여! 병원에 가신 엄마를 찾아갈 용기를 내지 못했던 어린 것이여! 막내 얼굴을 끝내 못 보신 채 죽음의 얼굴로 돌아오신 내 어머니여!

엄마를 하염없이 기다리던 내 고향 안흥의 어린 버스 운전수는 시장에서 집 앞 정류장까지 마음속 버스를 여전히 몰고 있나. "오라이잇!" "부릉부릉."

시골 버스 차창에 비친 지난 세월의 풍경이 가슴을 적신다.

스무 살에 탄 버스가
향한 곳

1978

1978년 2월 27일 서울역. 나는 군복 차림에 더플백을 메고 경부선 하행 기차를 탔다. 나를 배웅하는 이는 아무도 없었다. 조치원역. 거기서 내렸다. 근처 육군항공학교에 입소하기 위해서였다. (현재 항공학교는 충남 논산으로 이전했다.) 나의 군대 생활은 그렇게 시작됐다.

일주일전 고등학교를 마치며 학교 친구 모두 하사 계급장을 달았다. 졸업 후 방산업체에 근무시켜 공업 입국의 기수를 만들겠다던 국가의 처음 계획이 시대 상황이 변하면서 모두 군대 기술 하사관(지금의 부사관)으로 보내기로 한 결정의 결과였다.

아무도 원치 않는 일이었다. 공짜로 학교를 다닌 이유로 모두가 5년의 군복무를 의무적으로 해야 했다. 갓 스무 살 나이였다. 국가는 우릴 그렇게 군인으로 만들었다.

그해 8월, 강원도의 한 부대 비행장. 군지사에서 검열을 나온 소령이 5분 대기조 비상을 걸었다. 난 분대장이었다. 소령이 비행장 북쪽을 가리켰다. 분대원들을 트럭에 태우고 출동했다. 전투식량을 넣어 둘둘 말은 판초우의를 어깨에 대각선으로 걸치고 상황판과 지도를 들고 칼빈 소총을 들었다. 아무래도 상황판과 지도는 차에 놓고 지휘하는 게 낫겠다고 생각했다.

상황이 끝났다. 우릴 줄 세우고 점검하던 그 소령은 날 보며 '상황판과 지도 방치'가 '지적사항'이라며 영창 갈 준비를 하라고 엄포를 놓았다. 영창은 가지 않았다. 하지만 스무 살 어린 분대장인 내게는 충격이었다. '군대에서 잘못하면 빨간 줄 가겠구나. 힘이 없으면 안 되겠구나.'

지금은 헛웃음이 나오는 일이다. 하지만 그 설익은 위기의식이 내 인생의 전환점이 될 줄이야. 생각해보면 아이러니가 아닐 수 없다. 친구들이 대학을 가던 시기에 군대에 온 스무 살 청년의 절박한 마음, 끝이 보이지 않는 긴 터널처럼 느껴졌던 아득한 5년의 군 의무복무. 그 어둠 속에 비친 유일한 빛을 따라 가다 보니 5년을 예상하고 왔던 군 생활을 36년이나 하게 되었다. 참으로 긴 세월이다. 되돌아보니 아득하기만 하다.

아무리 거칠고 고단한 길에도 기회라는 버스는 내 앞으로 다가왔고, 때로는 여유 있게 때로는 가까스로 그 버스를 탈 수 있었다. 운전수 아저씨가 도와줬고, 차장 누나와 승객들이 도와줬다. 심지어 나를 위한 듯 임시버스가 와주기도 했다. 그러고 보면 나는 진짜 억세게 운 좋은 사나이였다.

쉰여섯 살이 되어
내린 버스

2014

　　드디어 국가는 나에게 2014년 12월 31
일부로 군대에서 떠나라고 명령했다. 스무 살 청춘이 꿈꾸었
던 자유와 노래가 있는 길로 보내주었다. 지난 36년간 자유를
국가와 군대에 맡기고 충성과 희생, 봉사의 길을 걸었다.

　편한 시절도 있었으나 대부분을 이른 아침부터 늦은 밤까
지 활동이 이어지는 직책에 있었다. 휴일, 명절도 30분 내 출
동할 수 있는 거리 안에 있어야 했다. 목욕탕에 들어갈 때도
방수 비닐주머니에 휴대폰을 넣어 들어가야 했다. 2010년에
는 벼르고 벼른 여름 휴가지인 서해 안면도에 도착하자마자

북한군이 도발을 해 와 바로 복귀해야 했다. 그렇게 자유는 국가와 군대에 저당 잡혀 있었고 이를 당연하다고 여겼다.

그런 중에도 아이들은 자랐고 그런 환경이 아내와 아이들의 삶을 규정지었다. 거주이전의 자유가 거주이전의 명령으로 대체된 삶 속에서 서른 번 가까이 이사를 해야 했고, 아이들의 현재는 물론이고 미래까지도 영향을 미쳤다.

대신 국가와 군대는 내게 많은 것을 주었다. 사관학교를 졸업하며 문학사가 되었고 육군 장교가 되었다. 1990년부터 2년간 연세대에서 국비 위탁생으로 공부했고 정치학 석사 학위를 받았다. 2004년에는 저널리즘으로 유명한 미국 미주리대 연수를 다녀왔다. 2013년 고려대 언론 최고위 과정, 2014년 서울대 미래안보전략 최고위 과정을 마쳤다.

지난 군 생활에서 야전부대, 미8군, 이라크 파병, 육군본부, 합동참모본부, 국방부 등에서 근무하며 군 최고 수뇌부들의 리더십을 가까이서 보며 그 방향과 문제 해결에 동참하기도 했다. 군복무 34년째인 2012년에는 장군이 되었다. 2년간 내 분야 육군 최고의 자리에서 리더십을 발휘하며 소신껏 봉사할 수 있었다. 참으로 영광스런 순간순간이었다.

스무 살에 탄 나의 군대 버스는 이런 모양의 바퀴자국을 남기고 그 막을 내렸다.

백발이 된 나는 뒤늦은 설렘으로 자유와 노래가 있는 길 위를 달릴 새 버스를 상상해본다. 그러면서 다짐한다. 더는 기회와 시간을 허비하지 않겠다고. 그래서 먼저 온 버스, 크고 멋진 버스라고 무조건 타지 않겠다고. 웃음과 행복이 있는 버스, 가까운 사람들과 떠나는 작지만 빈자리가 있는 버스를 탈 것이라고. 발길 닿는 대로 어디든 걷기도 할 것이고…….

민간 나이
스물한 살에

2015

       아침 산길에 올랐다. "투둑, 투두둑." 봄 비가 몇 방울 떨어지는가 싶더니 이내 멈췄다. 접은 우산을 그저 지팡이 삼아 휘적휘적 걷는데 분홍 꽃이 활짝 핀 나무가 보인다. 사시사철 푸른 소나무와 철 지난 갈대 사이에 서 있 는 개복숭아다.

  발길을 멈추고 꽃들을 살펴보는데 한 꽃잎에 방금 떨어진 빗방울이 맑은 구슬인 양 대롱대롱 매달려 있다. 바람 탓인지 세월 탓인지 어느새 떨어진 이름 모를 하얀 꽃잎들이 꽃길을 만들고 있다. 겨울을 이겨낸 잣나무 잎이 봄기운을 받아 더없이 푸르게 빛난다. 그 나무 기둥을 타고 청설모 한 마리가 부리나케 도망을 친다. 지난가을 숨겨놓은 잣송이를 찾으러 왔다가 인기척에 놀란 모양이다.

초록은 점점 세상을 뒤덮고 산은 꽃산으로 변해가고 있다. 스무 살 나이에 고향 강원도를 떠나 군에 들어왔다 36년 넘게 군 생활을 하고 지난해 말에 전역한 나로서는 올해가 민간 나이로 스물한 살이 되는 해다. 그리고 이 봄은 그 첫 번째 봄이기도 하다. 참 좋다. 세상 근심을 내려놓으니 봄꽃을 자유로이 볼 수 있고 잣나무, 청설모에게도 말을 건넬 수 있으니 말이다. 이런 걸 두고 유유자적한다는 것이리라.

사람이 산다는 것을 반추(反芻)해본다. 나는 지금껏 시간표가 인생인 줄 알고 살았다. '이거 마치면 다음에 저걸 해야지. 내가 계급이 여기까지 됐으니 다음 진급을 위해서는 이렇게 해야지, 저렇게 해야지.' 조직이 요구하는 시간, 거기에 맞춰야 했던 나는 시간을 중심으로 이정표를 세우고 살았다. 아마 지금 이 순간에도 많은 이들이 그렇게 살고 있을지 모른다. 그게 순간을 옳게 사는 방법이라 여기고 말이다.

공간보다 시간 중심으로 살다 보면 '지금 이 순간을 어떻게 살 것인가?'라는 문제는 늘 종속적이고 부차적인 것이 되기 마련이다. 그저 미래가 중요해져서 현재의 삶은 철저히 무시되기도 하고 희생을 요구받기도 한다. 그래서인가, 아니면 바쁜 세상을 비켜나서인가, 민간 나이 스물한 살에 문득 이런 생각이 든다. '공간 중심으로 살면 어떨까?'

습관적으로 우리는 '과거, 현재, 미래'로 구분한다. 시간 중심의 사고다. 그러나 정작 과거와 미래는 시간으로서 존재하지 않는다. 오직 공간으로서만 존재한다. 과거는 형태와 기억이라는 남겨진 공간으로 존재하고, 미래는 우리의 뇌 공간 속상상에서만 존재한다. 과거는 현재가 지나간 궤적이고 미래는 현재의 연속일 뿐이다. 그래서 우리의 삶은 시간과 공간이 일치하는 '지금 여기(Now Here)'에 있다. '지금 여기'에 충실한 삶이 제대로 사는 삶이 아니겠는가. 그리고 보면 우리 삶은 시간 그 자체이기보다 현재 내게 주어진 '기회의 선택과 결정이 가져오는 것'이란 생각이 든다.

그렇다고 계획과 로드맵이 필요 없다는 것은 아니다. 그것은 현재 우리의 시간과 노력을 어떻게 쓸 것인가를 결정하는 중요한 잣대이고, 우리가 늘 직면하는 기회를 선택하고 결정하고 행하는 데 도움을 준다는 점에서 유용하다. 만일 그게 없다면 배가 산으로 가고, 우리 모두가 어둠 속을 헤매거나 예상되는 일에 대비할 수 없게 된다.

되돌아보면 내 삶의 상당 부분이 순간순간 시간에 매달려 있었다. 공간은 늘 타향 어딘가의 거기가 거기였고, 다람쥐 쳇바퀴를 도는 반복된 일상의 연속이었다. 새해 정동진 일출 보기, 메밀꽃 필 무렵의 봉평 꽃나들이, 설악산 가을 단풍놀이, 태백산 겨울 산행. 이런 기억이 없다. 강원도 고향을 찾아 친구들과 어울린 적도 별로 없다. 바삐 세상을 산 많은 이들의 삶이 나와 그리 다르지 않을 것이다.

뒤늦게 되뇌어 본다. '무엇'이 되겠노라, '무엇'을 해야 한다며 시간표만 세워놓고 살기보다는 매 순간 위치하는 지금 여기의 삶에 의미를 두고 '어떻게' 이 순간들을 기쁨과 행복으로 가득 채울까를 생각하고 실천하는 삶이 최고의 삶이 아니겠느냐고.

민간 나이 스물한 살. 앞으로 언제까지 '지금 여기'를 맞이 하게 될지 알 수 없다. 그러니 지금 여기가 얼마나 소중한가? 또 지금 여기가 얼마나 감사한가? 지금 내가 있는 이 공간에 함께하는 사람들, 일들, 짜증과 고민까지도 어찌 사랑하지 않을 수 있겠는가?

이제부터 나는 시간을 중심으로 살았던 추억의 공간을 더듬어, 나의 버스가 담아온 이야기를 풀어보려 한다. 나의 버스에 올라타신 고마운 그대여, 내 이야기에 귀 기울이시며 그대 마음의 차창에 펼쳐지는 풍경을 즐기시라.

자, 그럼 "오라이잇!" "부릉부릉."

●

추억은
시간이 머금은 공간

1995

　　　　　이쯤에서 시간과 공간에 대한 나의 생각
을 털어놓는 게 좋겠다. 삶이란 시간과 공간 속에서 벌어지며
내 얘기도 때로는 시간을 따라, 때로는 공간을 따라, 때로는
한데 얽혀 이어질 것이다.

　시간과 공간에 대해 깊이 생각하게 된 것은 1995년 소령
시절 경남 진해에 있던 육군대학(현재는 대전으로 이전) 정규 과
정을 다닐 때다. 육군에서 소령이 되면 누구나 육군대학 과정
을 밟는다. 영관장교로서 군사적 식견과 소양을 갖추기 위해
서다.

전투 행위는 공간에서 벌어진다. 땅과 바다, 공중이 그 공간이다. 육군은 지상전을 담당한다. 삶의 터전인 땅을 지키고 땅을 빼앗기 위해서다. 군대가 공간을 차지하기 위해 시간과 노력을 기울이는 행위, 그것이 전투이고 그보다 큰 규모가 전쟁이다. 평시는 국방이요, 안보다.

전투의 방향이 적진을 향하면 공격이요, 아군을 향하는 적의 공격을 막으면 방어다. 공격을 하려면 물리적 전투력이 충분해야 한다. 공격 시간은 내 손에 있다. 방어는 지형지물이라는 공간을 활용해 우세한 적을 저지하는 데 유리하다. 방어 준비에 시간이 들고 적의 공격 시간을 알 수 없다는 점이 있다.

후속 부대의 증원과 새로운 기회를 노리고자 공간을 천천히 적에게 내주는 걸 지연전이라고 한다. 시간을 벌기 위해 공간을 희생하는 것이다. 철수는 전투력을 보존하기 위해 공간을 포기하는 행위다. 철수는 빠르면 빠를수록 좋다.

총탄과 수류탄, 포탄, 미사일은 소중한 공가체인 인명을 살상하고 시설과 장비를 파괴한다. 인간의 근력에 의존한 고대 전투는 살과 살, 칼과 칼이 충돌하는 살육전이었다. 살육은 눈에 보이는 가까운 거리에서 벌어졌으며 그 결과는 참혹하지만 국지적이었다.

산업화시대, 어마어마한 파괴력을 갖춘 무기가 개발되면

서 무차별적인 대량살상과 파괴가 초래됐다. 소중한 공간체인 인간을 흔적도 없이 사라지게 만들었다. 참혹하다 못해 인류의 넋을 빼놓았다. 정보화시대, 우주 공간까지 뻗친 보는 능력과 더 길고 정확한 타격 능력이 갖춰지면서 목표물에게는 치명적이지만 파괴 공간은 최소화되고 있다. 기술의 첨단화와 인류의 인권 신장에 따른 전투 행위의 진화다. 전투력을 투사하는 거리는 길고 정확해지고 그 전투 행위가 초래하는 피해 공간은 치명적이지만 좁아지고 시간은 짧아지고 있다.

육군대학 이후 시간과 공간에 대한 끊임없는 사색이 나의 삶에 그대로 투영됐다. 업무에서도 시간이 없으면 공간을 양보했다. 한 장짜리 보고서를 만들고 때로는 구두 보고나 전화, 메시지 보고로 대체했다. 부하들에게도 그렇게 하도록 했다. 시간이 충분하면 또는 공간이 중요하면 보고서에 충실했고, 정보화하여 많은 이가 공유하도록 시간과 노력을 기울였다. 시간이 중하면 공간(보고서, 보고 방식)을 양보하고, 공간이 중하면 시간을 쓰고 공을 들였다. 내 업무 방식이고 이제는 나와 함께한 후배들의 업무 방식이 됐다.

운전도 시간과 공간의 문제다. 운전(비행)이란 자동차(비행기)라는 공간을 타고 보다 빠른 속도로 공간(거리)을 이동하는 것을 말한다. 시간을 절약하기 위한 것이다. 충돌사고는 둘 이상의 공간(물체, 사람 등)이 특정 공간(지점)에서 동시성을 갖게 될 때 발생한다. 즉 공간과 공간이 한 지점에서 같은 시각에 마주치는 것이다.

따라서 사고를 예방하려면 공간과 공간 사이의 거리를 확보하고 동시성을 회피하면 된다. 운전할 때 차량 간 거리를 속도를 고려해 충분히 유지하면 만일의 사태에 대비할 수 있는 시간을 확보할 수 있다. 고속도로 1차선인 추월선으로 달리면 왼쪽 중앙분리대와 나와의 공간이 좁아지기 마련. 때문에 유사시 대처할 시간 확보가 어렵다. 당연히 2차선이나 도로 중앙차선을 이용해 충분한 공간을 확보해 가는 것이 좋다.

대형차량이나 버스와 나란히 가면 공간 확보 측면에서 불리하다. 그럴 경우 서둘러 거길 벗어나 서로 엇갈리도록 해 공간을 넓혀야 한다. 교차로나 건널목 등 공간의 방향이 서로 다른 곳에서는 공간과 공간의 동시성이 일어날 가능성이 높다. 그래서 시간차를 두어 순차적으로 움직여야 한다. 아주 간단하다. 안전 운전은 공간을 확보하고 공간의 방향이 엇갈리는 곳에서는 순차성을 염두에 두면 된다. 교통법규보다 시간과 공간의 문제로 풀어낸 운전 논리가 내게는 훨씬 더 매력적이다.

육군대학 이후 나는 이렇게 시간과 공간의 문제를 많은 부분에 적용하려는 버릇이 생겼고 사고 구조의 한 틀이 됐다.

정보화시대, 시간과 공간은 아주 가까워졌다. 물리적 공간 이동은 아직 불가능하지만 지구적으로 발생하는 이미지(영상, 그림, 글 등)는 위성과 인터넷 덕분에 공간의 제약을 극복하고 동시성을 갖기에 이르렀다. 대단한 세상이다. 하루가 다르게 상상이 자꾸 현실이 되는 세상이다.

추억을 더듬는 나의 버스 여행 또한 시간과 공간을 넘나들 것이다. 그것은 나의 뇌 공간에 저장된 기억들의 현재화요, 과거 사실이 현재의 관점을 통과해 지금의 햇볕을 받아 빛나는 일이다.

엄마 없는
달빛세상

1965

　　잠에서 깨니 한밤중이다. 쌀자루, 옥수수자루가 세워져 있고, 싸리나무를 엮어 알곡을 채워 넣은 커다란 소쿠리가 있는 툇마루 옆 작은 방, 옆에 있던 엄마가 보이지 않는다. 마당으로 나섰다. 휘영청 달이 눈부시게 밝다.

　　"엄마, 엄마, 엄마아."

　　아무리 불러도 엄마가 보이지 않는다.

　　"어떻게 된 거지? 어디 가신 거지?"

　　갑자기 무서워졌다. 안방, 건넌방, 뒷마당을 가봐도 안 계신다. 형이 군대 간 뒤로는 집에 엄마와 나 둘뿐이었다. 집 앞

밭에는 키 큰 옥수수들이 병정처럼 서 있다. 옥수수 개꼬리가 여름 바람에 살랑살랑 흔들리고 잎이 서로 사각사각 부딪치는 소리가 유난히 크다. 그날 세상은 온통 은색의 달빛으로 물들었다.

여섯 살 즈음. 강원도 산골 우리 집 안마당을 비친 엄마 없는 달빛은 너무나 밝고 무서웠다. '승운이 형네 집에 가봐야지.' 그 집은 우리 형을 수양아들로 삼은 집이다. 5리도 넘는 거리였다. 돌징검다리가 놓인 작은 개울을 건너 논두렁을 따라 한참을 갔다. 아까보다 큰 개울이 나왔다. 여름에 미역을 감으며 놀던 곳이다.

거기에는 동네 아저씨들이 나무를 베어 만든 다리가 있다. 한여름에 장마가 지면 그 다리는 커다란 돌덩이도 굴리는 세찬 물살을 견디지 못하고 늘 떠내려갔다. 개울 건너는 가파른 밭길이다. 구불구불한 길을 따라 올라갔다. 신작로가 나왔다.

이따금 다니는 버스와 산판 차들이 일으킨 흙먼지가 고이 내려앉은 신작로는 달빛을 받아 더 하얗게 보였다. 양옆 아름드리 미루나무들이 어린 나를 내려다보며 서 있다. 조금만 더 가면 승운이 형네 집이다. 무섭지만 기운을 차려본다.

"승운이 형, 승운이 형."

집 마당에 들어서며 큰 소리로 불렀다. 승운이 형 어머니와 아버지가 나오셨다.

"아이고, 근수(어릴 때 내 이름)야, 네가 이 밤중에 웬일이냐?"

"우리 엄마 여기 안 오셨어요?"

"아니. 이리 들어와, 들어와. 걱정하지 말고 내일 찾으면 되지. 여기 들어와 자자."

승운이 어머니와 아버지는 내게 잘해주셨다. 42번 국도가 지나가는 길옆에서 과자, 막걸리, 담배를 파는 구멍가게를 하셨는데 내가 가면 눈깔사탕이나 과자를 꼭 주셨다. 촌동네에서 그래도 현금이 돌아가는 집이었다. 설날 세배를 하러 가면 "오냐 오냐. 그래 그래. 허허허" 하시며 10환(1원)짜리 지폐를 손에 쥐어주시고는 했다. 설 명절에 그거 받는 재미에 추운 줄도 모르고 세배를 다닌 기억이 난다. 어린 시절 내게 유일하게 세뱃돈을 주시던 고마운 분들, 이제 이 세상에 안 계신다.

달빛이 하얗게 밝은 날이면 문득 그때 생각이 난다. 아주 어린 시절이지만 아직도 기억이 생생하다. 자다 보니 엄마가 안 보인다. 집에는 아무도 없다. 달은 너무나 눈부신데. 승운이 형네 집에 가셨을지도 모르겠다. 하얀 신작로. 그 양옆으로 늘어서서 나를 내려다보던 미루나무들. 놀라며 나를 맞아주던 승운이 형 아버지, 어머니.

그런데 엄마가 나를 다시 어떻게 집으로 데려왔는지는 도

무지 기억이 나지 않는다. 엄마는 어린 것이 없어졌으니 놀라 찾으셨을 것이고 나는 한밤중에 돌아다녔다고 혼이 났을 법한데 말이다.

세상을 온통 은색으로 물들인 그날 밤 엄마 없는 그 달빛, 가장 밝고 가장 시린 빛으로 내 가슴에 남아 있다.

1등 한번
할래?

1968

해가 서쪽으로 기울자 옥수수 그림자가 길게 드리우기 시작한다. 소년이 학교에서 돌아올 즈음 해가 서쪽 산 아래로 숨는다. 산골의 낮은 유난히 짧다. 어둠이 마당을 지나 소년의 작은 골빙으로 밀러든다.

저녁밥은 먹었을까? 소년은 아직 손이 야무지지 못해 아무렇게나 쌌던 책보를 풀어 헤치고 책과 몽당연필을 꺼내 개다리소반 위에 올려놓는다. 그러고는 석유 등잔불을 켠다. 소년이 혼자 중얼거린다.

"엄마, 나 꼭 1등할 거야."

아침에 학교에 가니 검은 칠판에 백묵 글씨로 "총점 490점 평균 98점"이라는 숫자가 쓰여 있었다. '누굴까?' 혼자 생각했다. 선생님이 들어오셨다. 우리에게 물으셨다. "얘들아, 이번 시험에서 1등한 점수다. 이게 누군지 알겠니?" 대답이 없다. 선생님께서 나를 보시며 "이게 전재에서 온 근수 점수다." 순간 뛸 듯이 기뻤다. 겉은 조용했지만 속으로 '내가 해냈다. 엄마랑 약속을 지켰다'며 쾌재를 불렀다. 초등학교 4학년, 생애 첫 1등이었다.

나는 어릴 적 전재라고 불리는 강원도의 산골 동네에 살았다. 거기서 국민학교까지 10여 리길. 보자기 책보를 둘러메고 달그락달그락 필통 속 몽당연필 소리에 맞추어 걷다 뛰다 하며 학교를 다녔다. 다행히 2학년 올라갈 즈음 집 근처에 분교가 생겨 2, 3학년은 거길 다녔다. 분교에서는 1, 2, 3학년이 한 교실에서 공부했다. 그러다가 4학년이 되어 다시 본교를 다녔다.

분교 시절에 나는 공부에 크게 관심이 없었다. 분교에는 풍금이 한 대 있었는데 나는 풍금 치기를 좋아했다. 엄마가 선생님께 부탁을 드린 덕분에 수업이 끝나면 교실에 남아 풍금을 치고는 했다. 하지만 특별히 가르쳐주는 이가 없어 학교에서 배운 동요를 반복해 치는 게 고작이었다. 그래도 산골 마

어느 날 엄마가 등잔불 아래서 바느질하시다 말고 날 보며 말했다.

"근수야, 너 열심히 공부해서 1등 한번 할래?"

3학년이 끝나갈 때쯤으로 기억한다.

4학년이 되면 분교에서 다시 본교로 학교를 옮겨 다닐 내가 걱정이 되셨을까?

그런 엄마가 4학년 이른 여름 갑작스레 돌아가셨다.

슬픈 여름이 지나고 나는 첫 1등을 했다.

을 빈 교실에 울려 퍼지는 풍금 소리는 참으로 듣기 좋았다.

우리 집은 분교와 가까워 그 소리가 집까지 들렸다. 엄마는 내 풍금 소리를 좋아했다. 그러던 어느 날 엄마가 등잔불 아래서 바느질하시다 말고 날 보며 말했다.

"근수야, 너 열심히 공부해서 1등 한번 할래?"

3학년이 끝나갈 때쯤으로 기억한다. 4학년이 되면 분교에서 다시 본교로 학교를 옮겨 다닐 내가 걱정이 되셨을까?

그런 엄마가 4학년 이른 여름 갑작스레 돌아가셨다. 슬픈 여름이 지나고 나는 첫 1등을 했다. 그래서 엄마는 결국 나의 1등 소식을 듣지 못하셨다. 전국 중학교에서 성적 5% 이내 학생만 뽑는 전액 무료 고등학교 입학, 사관학교 입학과 장교 임관, 장군 승진 등 온갖 기쁜 소식도 물론 듣지 못하셨다.

엄마는 내게 "1등 한번 할래?"라는 말을 그때 왜 하셨을까? 첫 1등 후 약속을 모두 지키지는 못했다. 하지만 어린 내게 엄마가 해준 '염려 반 기대 반'의 그 말이 결국 내 인생의 큰 원동력이 되었음을 안다. 1등이라는 단어보다는 어린 막내를 세상에 남기고 떠난 엄마의 깊은 사랑과 기대가 나를 끊임없이 일으켜 세웠다.

등잔불 아래서 나를 바라보시던 엄마의 모습. 아직도 눈에 선하다. 지금의 나보다 젊은 나의 엄마가.

내 귀는
쪽박귀

1959

내 귀는 쪽박귀다. 어릴 때부터 사람들이 내 귀를 그렇게 불렀다. 어떤 이는 "그놈 귀 잘 생겼네. 재물 복이 있겠어. 뭐 좀 하겠는걸" 하고 말하는가 하면 어떤 이는 "귀가 너널너딜거리네. 넌 거밖에 보이질 않아" 하고 놀리기도 했다.

나는 쪽박귀가 싫었다. 그래서 귀를 펴보려고 양손바닥으로 양 귀를 꽉 누르고 한참 동안 있고는 했다. 하지만 거울을 보면 귀는 언제나 본래 모습으로 돌아와 있었다.

올해 초등학교 5학년이 된 열두 살 막내아들의 귀도 쪽박귀다. 두 형들은 엄마를 닮아서 크기도 적당하고 잘생겼다. 얼마나 다행인가. 그런데 막내는 내 귀를 닮았다. 유일하게 남아 있는 사진 속 나의 아버지 귀도 쪽박귀다. 아버지께서는 내가 태어난 이듬해 여름에 돌아가셨다. 내가 태어난 지 7개월 조금 넘었을 때다.

그런 아버지에 대한 기억은 사실상 존재하지 않았다. 그저 빛바랜 사진 속 아버지가 전부였다. 어머니마저 열한 살 때 하늘나라로 가셨으니 그 이후 아버지, 어머니는 밥상에 마주 앉으신 적도, 학교 입학과 졸업 때 내 손을 잡아주신 적도, 빛나는 소위 계급장을 달아주신 적도 없다. 그 자리는 형님, 누님, 매형님, 친지들이 대신했다. 그래도 나는 아버지와 어머니가 늘 나와 함께하신다고 생각했다. 내 뼈와 내 살이 곧 그분들로부터 받은 것이니까.

육사생도 시절, 나는 생도복장을 차려입고 아버지, 어머니 묘소를 찾을 때마다 산천초목을 향해 우렁찬 목소리로 "부대 ~ 차렷!" "우리 아버님, 어머님께 대하여 받들어총" 하고는 돌아서서 거수경례로 인사를 드리곤 했다. 호기롭던 젊은 시절, 그렇게 하면 아버지와 어머니가 기뻐하실 것이라 믿었다.

빛바랜 사진과 묘지 봉분으로만 기억되던 아버지를 처음 만나 뵐 기회가 있었다. 1980년대 후반, 내가 서른 살을 갓 넘기고 전방에서 대위로 근무할 때다. 고향 동네가 개발된다 하여 아버지의 묘소를 옮기게 되었다. 이장하는 날, 동네 아저씨들이 삽을 들고 모였다. 먼저 아버지의 봉분을 무너뜨리고 사각 구덩이를 파 내려갔다. 구덩이가 점점 깊어지자 누워 계신 아버지의 윤곽이 드러나기 시작했다.

생전 처음 아버지를 만난다는 사실에 가슴이 쿵쾅거렸다. 한 아저씨가 삽을 들고 아버지를 덮고 있던 흙을 조심스레 쓸어 내렸다. 그건 분명 아버지의 살이었을 것이다. 드디어 아버지의 두개골이 보이기 시작했다. 아버지의 피와 살이 녹은 그 흙들이 걷히자 아버지는 해골의 모습으로 내게 나타나셨다.

쪽박귀는 보이지 않은 채 두 눈과 코는 흙으로 채워져 있었고 가슴과 팔다리는 뼈만 앙상했다. 그런 아버지가 무섭기는커녕 도리어 반가웠다. 그렇게라도 아버지를 만나서 얼마나 좋았는지 모른다. 혹시 놓칠세라 일일이 잔뼈까지 다 추린 아버지를 두 손으로 번쩍 들었다. 아버지는 너무도 가벼웠다. 아버지는 그렇게 30여 년 전 헤어진 막내아들의 품에 안기셨다. 아버지를 어머니 곁에 묻어드렸다.

2005년 4월, 막내가 태어났다. 늦둥이다. 2005년 9월, 중령인 나는 자이툰부대 참모요원으로 이라크 파병을 위해 비행기 트랩에 올랐다. 그 순간 아버지가 돌아가실 때 나이와 얼추 비슷한 나의 머릿속에 아버지와 5개월 된 막내의 모습이 떠올랐다.

'내가 살아서 이 땅을 다시 밟을 수 있을까? 다시 내 가족을 만날 수 있을까?'

그러나 되돌릴 수는 없는 일. 군인은 명령에 살고 명령에 죽는 법. 비행기는 어김없이 이라크로 날아갔다. 나는 다행히 임무를 완수하고 가족의 품으로 살아서 돌아왔다. 2012년 11월, 장군 진급 명단이 발표됐다. '이붕우.' 고등학교와 사관학교 합격자 명단 그리고 살면서 수없이 본 익숙한 내 이름이 순간이지만 낯설게 느껴졌다. 그리고 이내 기쁨이 물밀듯 밀려왔다. 절로 웃음이 났다. 가족들이 집에 모였다. 아내에게 말했다.

"당신은 이제 장군의 부인이 됐소."

그리고 세 아들에게 말했다.

"얘들아, 너희는 장군의 아들이 되었다."

아버지, 어머니 산소를 찾아가 절을 올리며 말씀드렸다.

"아버지, 어머니, 막내가 장군이 되었어요. 이제 장군의 아버지, 어머니십니다."

누워 계시던 아버지와 어머니가 몸을 일으켜 세우시며 말씀하셨다.

"그래 장하다, 우리 막내. 고맙다, 아주 고맙다. 그간 애썼다, 어미 아비 없이."

●
위기에 굴하지 않으면
길이 열린다

1979

 스무 살 5분 대기조 분대장의 뇌리에 박
힌 그 소령의 "영창갈 준비를 하라"는 엄포. 그리고 뭔가 나
만 뒤처지고 있다는 스무 살 청년의 조바심 같은 위기감이 탈
출구를 찾게 만들었다. 어느 날 한 친구가 기행(기술행정) 장교
후보생에 지원하자고 제안했다. 그래서 원서를 내려고 했으
나 나이가 어려 지원 자격이 되지 않았다. 그러던 중 하사관
군사영어반 과정을 알게 되었고 지원하여 합격했다. 그렇게
경기도 성남 소재 육군행정학교(지금은 충남 영동에 있다) 하사관
군사영어반에 입교했다. 1979년 봄이었다.

영어 교육은 미군 영어교재를 썼다. 외국인 강사가 영어로 수업을 진행했고 랩(Lab)실에서 진행되는 듣기 수업도 많았다. 시험은 수시로 있었다. 재미있었고 성적도 좋았다. 그러던 중 이상한 소문이 돌았다. 군사영어반을 수료하면 무조건 용산 미군부대 저스맥(JUSMAC-K)에서 실시하는 영어 테스트를 치르게 하고, 통과하면 미군 정비기술 분야 연수를 다녀와야 한다는 것이다.

평소 실력이 좋던 사람이 일부러 시험에 떨어지면 육군본부에 끌려가서 실컷 두들겨 맞는다는 괴소문까지 퍼져 있었다. 거기다 1년간 미국을 다녀오면 두 배인 2년의 복무연한이 추가된다는 것이다. 만일 그렇게 되면 나의 군대 생활은 7년으로 늘어나는 것이다. 앞이 캄캄해졌다.

한 친구와 꾀를 내었다. 과락을 면하는 60점에 시험 성적을 맞추기로 한 것이다. 훗날 미국으로 갈 자격은 되지 않기 위한 것이었다. 공부를 더 열심히 할 수밖에 없었다. 정작 원하는 대로 점수를 받으려면 100점을 맞을 실력이 되어야 했다. 그런데 한편으로는 마음이 답답했다. 시험이라면 다들 100점을 맞으려고 온갖 노력을 다하는데 우리는 60점을 맞으려고 더 열심히 공부해야 하다니…….

부조화의 시간들이 계속되었다. 그때 한 무리의 하사관들이

행정학교 거리를 지나갔다. 자세히 보니 고등학교 동기들도 눈에 띄는 게 아닌가. 물어보니 '화랑하사관반'이라고 했다. 그들은 고등학교 과정을 8개월 속성으로 다시 공부해 육·해·공군사관학교를 가고자 하는 사관학교반이었다. 고민과 우여곡절 끝에 나와 친구는 군사영어반에서 화랑하사관반으로 이동하는 데 성공했다.

100점을 목표로 열심히 공부했다. 그래서 육사에 당당히 합격했다. 그 친구도 물론 합격했고 생도 생활 내내 나보다 공부를 잘했다. 꿈을 함께 나누고 늘 도와준 그 친구는 평생 친구이자 훗날 나의 꿈을 이루게 한 은인이 됐다.

●

버스가
군으로 향하다

1975

　　박정희 대통령이 설립한 경북 구미 금
오공업고등학교는 전국 중학교 3학년 중 성적 5% 이내인 자
를 학교별 1명만 학교장 추천을 받아 모집했다. 1973년 1학
년 400명을 시작으로 매년 같은 규모로 선발했다. 이들은 전
원 기숙사 생활을 했으며 기계, 전자, 금속, 판금용접 등의 기
술 분야로 나뉘어 기능교육을 받고 졸업 전 전원 기능사 2급,
우수자는 1급 자격증을 취득했다. 이 모든 과정은 무료였다.
　이 학교의 설립 목적은 당시 국가의 최대 과제였던 공업기
술인력 확보였다. 학교 교훈탑에 '기술인은 조국근대화의 기

수'가 한문으로 쓰여 있었고 지금도 학교 정문을 향해 그대로 서 있다.

국가는 졸업생들의 병역 문제를 해결하고자 중령에게 단장을 맡기고 301학군단을 두어 당시 교육대학에만 있던 예비역하사관제도인 RNTC(Reserve Non-commisioned officer Trainning Course) 후보생 교육을 실시했다. 학생들은 주당 4시간의 군사학 이론과 실기를 배웠으며 여름방학 기간을 이용해 2주간 부대에 입영하여 하기군사훈련을 받았다.

작은 체구의 열일곱 살짜리가 철모를 쓰고 모포를 겉에 묶은 구형 배낭을 메고 2차대전 때 쓰던 커다란 M-1 소총을 멘 모습을 상상해보라. 우습지 않은가. 각개전투, 분대전투, 유격훈련도 물론 필수였다. 3학년 때는 육해공군 기술병과학교에서 군사기술교육을 받았다. 이런 모든 과정은 학교 졸업과 동시에 하사로 임용했다가 곧바로 예비역으로 편입시켜 산업체에 근무토록 함으로써, 명실공히 조국근대화의 최선봉에 세우기 위한 정책적 배려였다.

그러나 3기인 내가 입학한 1975년, 국가의 안보위기의식이 급격히 높아지며 정책이 바뀌었다. 그해 3월과 4월에 크메르와 월남이 각각 공산화된 인도지나 사태 때문이었다. 이는 1969년 닉슨독트린에 따라 '아시아 문제는 아시아인에게' 넘긴다는 미국의 정책이 낳은 결과였다. 혈맹으로 여겨온 미국의 이런 냉정한 아시아 정책이 한국 지도부의 위기감을 높였고 자주국방을 절실한 국책으로 부상시켰다.

자주국방을 위해서는 자주국방기술인력 조기 확보가 필수. 이에 따라 금오공고 출신은 조국근대화의 기수에서 자주국방기술인력으로 그 목적이 전환되었고 예비역으로 편입될 인력을 군에서 다시 소집하는 형식으로 5년 군복무 의무가 졸업생들에게 부과됐다.

1기생들 일부가 이런 결정에 반발해 집단 이탈하기도 했으나 대부분 소환되어 육해공군 기술하사관으로 입대하게 되었다. 1기중 일부 인원은 자퇴를 선택하고 검정고시의 길을 간 사람도 있다. 이들은 3년간 학비 150만 원을 되갚도록 요구받았다고 하는데 실제 변제했는지는 알 수 없다.

금오공고 출신의 운명을 가른 1975년 인도지나 공산화. 이들을 자주국방기술인력으로 전환시킨 정책 결정. 이런 역사적 굴곡과 함께 나의 17세 이후 인생 버스는 국가가 정한 시간과 공간 속에서 그 앞을 비추는 유일한 빛을 따라 달리게 되었다.

마지막 임시버스에
오르다

1979

        그 시절 내 머릿속에 늘 맴돌던 게 있었다. '내가 탈색되고 있다'는 생각이었다. '탈색?' 생뚱맞지 않은가? 긴 세월을 산 지금에서 보면 우습기도 하다. 그러나 스무 살 청년의 고뇌가 함축된 말이었다. 그렇게 시간을 보내다 보면 머리는 더 굳어갈 것이고 5년의 군복무를 마치고 나서 무얼 해본다 한들 세상과 비교해 너무 뒤처져 있지 않겠느냐는 절박감의 다른 표현이었을 것이다. 그런 생각이 나를 어떤 미래를 향해 돌진하지 않으면 안 되도록 했다.

  이럴 즈음 화랑하사관반에 들어가 사관학교 입시를 준비하는 동기들이 부러워지기 시작했다. 그러던 어느 날 화랑하사관반을 지도하는 장교로부터 현재 들어온 인원수가 적어 더 뽑을 것이라는 소식을 들었다. 관련 공문이 각 부대로 내려갈 것이라고 했다. 횡성 부대에 있는 동기에게 편지로 연락을 했다. 공문이 내려오면 내게 빨리 알려달라고. 그 친구는 공문이 내려오자 물어 물어 원주에 사는 누나 집을 찾아가 소식을 전했고, 누나는 초행길인 성남 행정학교까지 직접 와서 소식을 전했다. 요즘처럼 휴대폰이 있으면 전화 한 통으로 해결될 일이었지만 당시에는 그랬다. 그게 제일 빠르고 확실한 방법이었으니까. 고마운 친구는 지금 전주에서 중학교 선생님으로 지내고 있다.

육사를 가기로 한 나는 영어점수 60점을 맞추기로 한 친구에게 같이 가자고 권유했다. 친구가 좋다고 했다. 그 친구도 벗어나고 싶은 욕구가 있던 차였다. 서류 준비를 다하고 서울 종로의 다방에서 친구를 만났다. 그런데 갑자기 육사에 가질 않겠다고 하는 것이었다. 집안에서 반대한다면서. 나는 정색하고 말했다. "아니 사나이가 약속을 했으면 지켜야지 뭐야!" 그러자 친구는 한참을 생각하더니 "그래 같이 가자"라고 대답했고 우린 같이 크게 웃고 의기투합했다. 그 친구는 평생지기로 결혼도 같은 날 했고, 지금은 군을 떠났지만 안보 분야에서 핵심적인 역할을 하고 있다. 정말 고마운 친구다.

　나는 화랑하사관 2기로 들어갔다. 이미 전해 1977년 화랑하사관 1기는 입시 과정을 통과해 육해공군사관학교 사관생도가 되어 있었다. 화랑하사관 제도의 탄생과 관련된 문서는 아직 확인하지 못했다. 다만 전해 들은 소문으로는 어느 날 박정희 대통령이 부대를 순시하던 중 한 내무반을 들어갔는데 내무반장을 맡은 하사가 브리핑을 아주 잘했다고 한다. 그러자 박 대통령이 "아주 똑똑한 것 같은데 왜 장교로 가지 않고 하사를 달고 있나?"라고 물었다고 한다. 하사가 "장교로 갈 방법이 없습니다"라고 대답하자, 박 대통령은 수행하던 국방부장관에게 "전군의 우수 하사관들을 뽑아 각 군 사관학교에 입교시키도록 하시오"라고 지시했다고 한다. 혹자는 금오공고 설립자인 박정희 대통령이 우수인재인 금오공고 출신들을 배려한 것으로 해석하기도 했다.

　1979년 여름은 무더웠다. 엉덩이와 허벅지에 땀띠가 났다. 짧은 시간에 입시 준비를 한다는 것은 쉽지 않았다. 서울 영동학원의 우수 강사진들이 열정적으로 우릴 가르쳤고, 소령 교육단장에 2명의 중위(서울대, 한양대 출신 ROTC)가 지도교관을 맡았다. 열심히 공부했다. 50여 명의 화랑하사관 2기생들은 중간시험이 거듭될수록 계속 탈락해 최종 연합고사와 각 군사관학교 시험을 통과한 인원은 10여 명에 불과했다. 육사에는 8명이 입교했고, 3명이 중도 하차해 5명이 졸업했다. 화랑하사관 1기 중 1명이 장군이 되었고, 2기에서는 내가 장군이 되었다. 해·공군에서는 장군이 나오지 못했다. 이제는 다 군을 떠났다.

화랑하사관 제도는 2기로 끝났다. 1979년 박정희 대통령이 서거하고 이 제도는 바로 폐기되었다. 또다시 하사관에서 육사장교로의 문은 사실상 닫히고 말았다. 그 이후 현역이거나 예비역 중에 3사관학교를 간 사람은 있지만 육사에 들어간 사람은 아무도 없다. 결국 화랑하사관 제도는 우연히 내 앞에 나타나 나를 태워준 임시버스 같은 것이었다.

어떤 결정이 기회를 만들기도 하고 선택의 폭을 좁히기도 한다. 되돌아보면 나는 행운아였다. 그때 세상이 내게 기회를 주었고 내가 그 기회를 잡을 수 있었으니 말이다.

●

처음으로
2000원을 벌다

1971

　　1971년 국민학교 6학년 때 처음 돈을 벌어봤다. 거창하게 말하자면 유통업이었고, 그냥 그대로 얘기하면 아이스께끼 장사였다. 여름철 속초 지역에는 외지 관광객들이 많이 왔다. 그때나 지금이나 여름철은 이 지역의 모든 업종이 돈벌이에 매달리는 시기다.

　여름방학을 맞이한 나는 동네 형과 함께 아이스께끼 장사를 하기로 했다. 그 형은 이미 지난해에도 경험이 있는 베테랑(?)이었다. 우리는 아이스께끼 공장에 가서 겉은 함석을 댄 나무상자통, 즉 아이스께끼 통에다 한 번에 50개 또는 100개씩을 받아다가 팔았다. 아이스께끼는 둥글고 긴 쇠통에 설탕물을 넣고 막대기를 꽂아 얼린 얼음과자였다. 요즘처럼 유명 회사에서 만들어 전국으로 유통하는 그런 맛있고 부드러운 아이스바는 아니었다. 꽁꽁 얼어 꽤나 딱딱했지만 그래도 단 것이 귀했던 그 시절, 여름철 군것질로는 아이스께끼가 최고 인기였다. 당시에는 지역마다 얼음공장에서 이걸 만들어 팔았다. 우리는 개당 4원에 떼어다가 5원에 팔았다. 20%가 남았다. 세금도 물론 없었다. 괜찮은 장사였다.

뜨거운 그해 한여름, 속초 시내 골목 골목, 거리 거리를 다니며 나는 외쳤다. "아이스께끼, 얼음과자!" 45년이 지난 지금도 그 소리의 독특한 운율과 억양을 생생히 기억한다. 지금 당장이라도 그때 그 소리를 낼 수 있다. 하지만 처음 시작할 때는 소리가 목구멍에서 나오질 않았다. 내가 창피해하며 제대로 못 하자 동네 형이 목청 높여 "아이~스께끼, 어얼음~과자아! 하안개에 오~원" 하고 시범을 보였다. 몇 차례 따라 해 보니 나아졌다.

그렇게 그해 여름이 갔다. 큰 형들과 청년들은 200개씩을 담은 아이스께끼 통 두 개를 들고 속초 해수욕장과 대포항을 돌아다니며 팔았다. 그러나 우리는 그쪽 지역에 얼씬도 못 했다. 공장에서 구역을 정해준 것도 있었지만 거기까지 가려면 버스를 타고 가야 했고, 덩치가 작은 나로서는 200개를 들기가 힘겨운 데다가 시간 내에 못 팔면 아이스께끼가 다 녹아버려 손해가 컸기 때문이다.

방학이 끝날 때 즈음, 여름 내내 벌어 돈을 차곡차곡 넣어뒀던 작은 나무상자를 열었다. 2000원이 나왔다. 아이스께끼 2000개를 판 것이다. 내 생애 최초로 땀 흘려 번 돈이었다. 그때 본 10원짜리, 50원짜리 지폐와 5원, 1원짜리 동전들이 아이스께끼의 추억과 함께 내 머릿속을 굴러다닌다.

그 시절을 떠올리면 한 고마운 형이 생각난다. 무더위가 한창이던 어느 날, 속초 시내 극장 근처였는데 저만치서 누가 나를 불렀다. 묵직한 통을 들고 힘껏 달려갔다. 하지만 나보다 덩치 큰 애가 그 형 앞에 먼저 도착하고 말았다. 그 애가 아이스께끼를 통에서 꺼내 들었다. 그런데 이게 웬일인가. 형은 그 애가 내민 아이스께끼는 거들떠보지도 않고 뛰다가 그냥 서버린 나를 다시 부르는 게 아닌가. 형은 10원짜리 지폐를 내밀며 두 개의 아이스께끼를 샀다. 그때나 지금이나 키가 작았던 내가 안돼 보였는지 아니면 약삭빠르게 가로챈 그 애가 얄미워서였는지 알 수 없다. 세월이 흘러 이제는 얼굴조차 잊은 그 형이 여름날 아이스께끼에 고스란히 녹아 있다. 이제 나이 60을 넘기고 어디선가 잘 살고 있을 그 형이 갑자기 보

무더위가 한창이던 어느 날,
속초 시내 극장 근처였는데 저만치서 누가 나를 불렀다.
묵직한 통을 들고 힘껏 달려갔다.
하지만 나보다 덩치 큰 애가 그 형 앞에 먼저 도착하고 말았다.

고 싶어진다. 어쩌랴, 얼굴을 알 수 없으니 그저 행복을 빌어
볼 뿐.

이후로도 나는 새로운 것에 도전했고, 그 과정에서 고마운
분들을 참 많이 만났다. 내가 여기까지 온 것은 다 그분들 덕
택이다. 주어진 시간과 공간 속에서 누군가 만들어주고 때로
는 내가 만들어온 기회, 그게 오늘의 나와 맞닿아 있다.

●

못 갚은 빚
200원

1971

　　"물 위에 떠어 있는 황혼의 종~이배~ 말없이 바라보는 해변의 여어인아. 바아람에 휘날리는 머리카락 사아이로~ 황호온빛에 물들은 여어인의 눈~동자."

　　강원도 속초 청호국민학교 6학년 시절. 설악산으로 졸업여행을 간 우리는 어느 허름한 여인숙에서 목이 터져라 당시 유행가를 불러젖혔다. 나훈아의 〈해변의 여인〉을. 그날 어린것들의 노랫가락이 설악산 밤공기를 갈랐다. 국민학교 6학년과 〈해변의 여인〉이라니 좀 조숙했나? 사실 요즘 아이들이 힙합을 하고 아이돌 가수의 노래와 춤을 따라 하는 것과 그리 다르지도 않다.

아무튼 그것만이 아니다. 여럿이 함께 잤던 큰 방에서 먼저 곯아떨어진 친구 발등에 약간의 불씨를 남긴 성냥개비로 '따끔불'을 놓아 골려주기도 하고, 숯검댕을 친구 얼굴에 발라놓고는 우스꽝스럽게 된 모습을 보며 배를 쥐고 깔깔댔다. 숯검댕이 묻은 친구는 우리가 웃는 걸 보고 왜 웃는지도 모르며 두리번거리며 웃었다. 그런 밤이 지난 다음 날 아침, 여인숙에서 내놓은 뜨끈뜨끈한 국밥, 참으로 맛났던 그 국밥, 모락모락 피어오르는 김을 호호 불며 먹던 광경이 아직도 눈에 선하다.

설악산에 올라 흔들바위도 흔들어보고 울산바위도 구경했다. 양양 낙산사 입구 사천왕상의 무시무시한 둥그런 눈에 주눅이 들었다. 시원한 바다가 한눈에 들어오는 의상대 난간에 걸터앉아 푸른 바다와 푸른 소나무가 어우러진 동해의 절경을 보니 탄성이 절로 났다. 45년이 되어가는 소중한 추억이다.

이 추억은 아직도 못 갚은 빚 200원 덕분이다. 열한 살에 어머니마저 여읜 나는 이듬해 가장인 형님을 따라 속초로 이사를 했다. 강원도 산촌에서 살기가 어려웠던 형님은 형수님네 친척이 살던 속초로 가서 고깃배도 타고 하며 생계를 꾸릴 요량이었다. 하지만 쉽지 않았던 것 같다. 처음 하는 형님의 낯선 고기잡이는 신통치 않았다. 그런 이유로 우리는 가난을 벗어나지 못했다.

국민학교 졸업을 앞둔 가을이 왔다. 학교에서 설악산과 양양으로 졸업여행을 간다고 했다. 거기에 가려면 당시 돈으로 600원이 필요했다. 나는 가지 않기로 했다. 그런데 담임선생님이 말씀했다. 200원은 선생님이 내줄 테니 400원만 가져오라고. 집에 얘기하지 않았다. 그런데 누군가 형수님에게 얘기한 모양이었다. 졸업여행을 떠나는 날, 형수님이 학교로 찾아왔다. 파란 비닐우산을 접어든 채 처마 밑에 서 계시던 형수님이 400원과 삶은 달걀을 내밀었다. 눈물이 났다. 200원은 담임선생님이 내주셨다. 그러면서 선생님은 나중에 커서 얼마를 갚을 거냐고 물으셨다.

"2000원을 갚겠습니다."

"그래. 성공해서 꼭 갚아야 돼." 선생님이 웃으며 말씀하셨다. 그리고 세월이 흐르고 흘렀다. 10여 년 전 선생님이 이미 돌아가셨다는 소식을 들었다. 아, 참으로 무심한 나를 선생님은 어찌 생각하셨을까? 국민학교 친구에게 선생님 사모님이나 아들의 연락처를 알아봐 달라고 부탁했지만 아직 소식을 듣지 못했다.

못 갚은 빚 200원. 나의 어린 시절 소중한 추억을 선물한 너무너무 고마우신 선생님, 정인무 선생님. 죄송합니다. 제가 너무 늦었습니다. 아니 제가 빚을 갚도록 선생님께서 오래오래 사셨어야 하는데…… 선생님, 뵙고 싶습니다. 그리고 200원은 어떤 식으로든 꼭 갚겠습니다. 존경하는 정인무 선생님, 정말 고맙습니다. 하늘나라에서 편히 쉬세요.

●

홀로 귀향한
소년

1972

　　생활 형편이 어려웠던 형님은 내게 속초
의 어느 중학교로 갈 것을 권유했다. 당시 정규 중학교를 갈
형편이 안 되는 아이들이 야학의 일종인 이 학교를 다녔다.
학교 수업을 한다 해도 비공인 학교라 중학교 졸업장을 따려
면 검정고시에 합격해야 하는 곳이었다. 당시에는 그런 사정
을 몰랐지만 나는 형님이 시키는 대로 그 중학교에 가야겠다
고 생각했다. 왜냐하면 여름에 아이스께끼를 같이 팔았던 형
이 그 중학교를 다니고 있어 의지가 되겠다 싶었고, 어린 나
로서는 선택의 여지가 없었다.

이 소식을 전해 들은 고향 안흥에 살던 누나들이 나를 정규 중학교에 보내야 한다며 백방으로 뛰었다. 큰누나는 이미 중학교 배정이 끝난 상황에서 나를 안흥중학교에 보내고자 교장선생님께 부탁을 드렸고, 작은누나는 고등학교 진학을 포기하고 내 학비를 책임지기로 했다. 이 소식을 당시 강원도 인제 어느 부대에서 운전병으로 군대 생활을 하던 큰 매형의 친구가 겨울 눈을 헤치고 찾아와 형님에게 전했다.

그 덕분에 나는 속초에서 국민학교를 졸업하고 홀로 고향으로 돌아왔다. 속초에서 고향 안흥을 오려면 버스를 갈아타야 했는데 속초에서 버스를 탈 때 형수님이 운전수 아저씨한테 횡성에서 잘 내리게 해달라고 특별히 부탁을 했다. 나는 버스 안에서 정신을 바짝 차렸다. 긴장했던 탓일까? 진부령의 한 구간이었는데 길이 좁아 서로 무전 연락을 해 오는 차가 지나가면 우리 버스가 지나갔던 기억이 생생하다. 지금은 그 산 옆 강 위로 고가도로를 놓고 산허리를 뚫어 4차선이 생겼다. 횡성 직행버스 정거장에서 내린 나는 두리번거리며 조금 떨어진 완행버스 정거장을 찾아가 안흥행 버스를 탔다. 2년이 채 안 된 시간 만의 귀향. 정규 중학교 진학으로 내 운명의 방향이 바뀌는 순간이었다. 하지만 위기는 또 있었다.

전재에 살고 계신 고모가 교복과 책가방을 사 줬다. 안흥시장에 있던 어머니의 유일한 친오빠인 외삼촌 집에서 기거하며 학교를 다녔다. 거기에는 사촌누나와 매형이 함께 살았고 작은누나는 사촌누나 매형이 하던 작은 은행을 다니며 내 학비를 댔다. 그러나 시골 상인을 대상으로 한 은행은 신통치 않았고 작은누나는 곧 그만뒀다.

후일 들은 얘기지만 작은누나가 내 학비를 대기 어려운 사정이 되자 나를 전재 고모 집으로 보내자는 얘기가 있었다고 한다. 외숙모는 10리나 떨어진 그곳에서 학교 다니기가 어려우니 여기서 그냥 다니게 하자고 우기셨다고 한다. 외숙모가 그리하신 데는 전재 고모가 산골에서 농사를 짓고 있어 내가 그 일을 돕지 않을 수 없게 될 것이고, 그러다가 더 이상 공부도 못하고 농사만 짓지 않을까 걱정이 되었기 때문이라고 한다.

위암으로 고생하시던 외삼촌이 중학교 2학년 여름에 그만 돌아가셨다. 학비를 사촌누나 매형이 대주시게 되었다. 그래서인지 외숙모는 내게 사촌 매형이 히시는 철물점 일을 잘 도와야 한다는 얘기를 자주 하시고는 했다. 때마침 외삼촌 수양아들로 집에 들어와 일을 거들던 어떤 형도 자기 살 길을 찾아 그즈음 집을 나가버린 터였다. 그 형과 같이 가게 보던 일, 연탄이나 물건 배달, 시멘트를 차에서 내리는 일이 내 몫이됐다. 그래도 학교를 계속 다닐 수 있었던 것은 사촌누나 매형과 외숙모의 배려 덕분이었다. 일도 혼자 한 것이 아니었고 매형을 도와드리는 정도였다. 그래도 연탄 100장 정도는 리어카에 실어 배달할 수 있었고, 차에서 시멘트 50포, 100포를 내리는 일도 거뜬히 했다. 매일 이른 아침 철물점 물건을 가게 앞에 진열하고 저녁에 들여놓았다. 5일마다 서는 장날이면 가게 한 부분을 맡아 물건을 팔았다. 파장이 되고 나면 물건을 들여놓고 마당을 쓸고 쓰레기를 리어카에 실어 개울가 쓰레기장에 갖다 버렸다. 때로는 생선장수 아저씨가 200원을 주면서 자기 쓰레기도 치워달라고 해 돈을 벌기도 했다. 그걸로 학교 매점에서 가끔 건빵을 사 먹을 수 있어 좋았다.

되돌아보면 외삼촌이 돌아가시고 내가 살던 그 집의 주도권이 사촌누나 매형에게로 넘어간 그 시기가 나의 운명이 엇갈릴 또 한 번의 위기였다. 만일 그때 나를 산골 고모한테 보냈으면 내 인생은 지금과는 전혀 다른 방향으로 갔을 것이다. 나를 계속 그 집에 머물게 한 사촌누나 매형과 외숙모, 지금의 나를 있게 한 참 고마운 분들이다.

한편으로 내가 만일 공부도 못 하고 말도 잘 듣지 않았다면 어찌 되었을까? 분명한 것은 내 앞에 던져진 기회를 잡지 못했을 것이라는 사실이다. 미래로 가는 버스를 타게 해준 차표. 그게 공부였다. 어린 나이에 누가 시키지도 않았는데 공부를 해야겠다고 마음먹고 게으름 피우지 않았던 내가 지금 생각해도 신통할 따름이다. 혹시 돌아가신 엄마가 하늘에서 나를 내려다보며 묻고 계셨던 것은 아니었을까?

"근수야, 공부할래?"

●

세상에서
가장 큰 이름

1965

"이빨 빠진 갈가지(어린 호랑이라는 뜻) 우물가에 가지 마라. 붕어새끼 놀린다."

예닐곱 살 때쯤일 것으로 기억된다. 동네 형과 친구들이 내 이름을 가지고 이 동요를 부르며 나를 놀려댔다. 이건 원래 이빨 빠진 아이를 개구쟁이 친구들이 놀려먹던 동요였다. 그런데 내 이름 '붕우'를 '붕어'로 빗대어 놀리는 것이었다. 어느 날 약이 오른 나는 집에 돌아와 엄마에게 투정을 부렸다. "엄마, 애들이 자꾸 나를 붕어라고 놀려." 바느질을 하던 엄마가 "그래? 그놈들 참" 하고 좀 생각하시더니 "근수가 어떻겠니?"

형 이름이 근우니까 근수라는 이름이 얼른 생각나신 것이다. "좋아. 지금부터 나 근수할게." 그렇게 해서 나는 근수가 됐다.

'봉우'라는 이름은 많은데 '붕우'라는 이름은 흔치 않다. 고등학교 때 서울의 한 공중전화 박스에 있던 전화번호부에서 동명이인을 찾아본 적이 있는데 딱 한 사람이 있었다. 최근에 SNS로 검색해보니 몇 명 더 있기는 하다. 경기도 용인 출신으로 가세가 기울자 강원도로 와서 안흥의 금광 채굴 책임자로 일하시던 아버지는 당시 '이기붕' 부통령의 '붕(鵬)'자를 따서 내 이름 가운데자를 지었다고 한다. '붕'은 붕새를 의미하며 햇빛을 가릴 만큼 거대한 전설 속의 새다. 아이들에게 놀림은 받았지만 그 뜻만큼은 어떤 이름보다 크다. 이기붕의 정치적 과오가 드러난 건 그 뒷일이니 아버지의 뜻은 내가 잘되기를 바라는 순수한 마음이 아니었겠는가.

그런 이름의 속사정을 알 리 없는 동네 꼬마들이 나를 놀려대니 그만 엄마가 긴급처방을 내린 것이다. 그 후 국민학교 졸업 직전까지 근수로 살았다. 그래서 어릴 적 친구들은 나를 근수로 기억한다.

그런데 국민학교 졸업장을 쓸 때 선생님이 내 이름이 호적 이름과 다르다는 사실을 발견했다. 그래서 국민학교 졸업장에 내 이름이 바뀌어 쓰였다. '이봉우'. 선생님이 급하셨는지 그만 내 이름을 '봉우'로 적고 말았다. 중학교부터 내 원래 이름표를 달기 시작하면서 '붕우'라는 이름을 되찾았다.

그래서일까. 어른이 되었는데도 짓궂은 어른들이 또 놀려 댄다. 내 큰아들 이름이 '상호'인 걸 알고는 누가 그런다. "붕어가 상어를 낳았네." 아버지 때문에 졸지에 큰아들이 상어가 됐다.

"뭐라고요? 작은놈이 큰놈을 낳았으니 대단하다는 거지요?" 이렇게 말하며 그냥 웃고 만다.

미래로 가는 차표,
공부

1972

엄마와의 1등 약속을 지킨 후 나는 속초로 전학을 갔다. 전학을 하면서 한 달 정도의 공백이 생긴 데다가 새로운 환경 탓인지 내 성적은 그저 그랬다.

속초 시절 나는 영화 보기를 좋아했다. 아이스께끼 장사를 하면서 번 돈 일부를 영화 보는 데 꽤 썼다. 특히 액션 영화가 재미있었다. 영화 〈비나리는 선창가〉에서는 긴 외투에 중절모를 쓰고 검은 가죽장갑을 낀 주인공이 옷깃을 휘날리며 휘두르는 주먹과 발길질에 나쁜 놈들이 잘도 나가떨어졌다. 동시녹음이 아니던 시절이어서 '덩치덩치' 하는 효과음이 맞는 장면과 더러 일치하지 않았다. 그래도 활극 장면에서 극장 스피커를 울리던 그 소리가 매력적이었다. 거기에 빠지면 영화 속 주인공이 된다.

〈아파트를 갖고 싶은 여자〉는 아파트가 우리나라에 등장하던 시절의 영화다. 윤정희가 내려준 밧줄을 타고 신성일이 그녀의 아파트로 올라가는 장면이 인상적이었던 사랑 영화로 기억된다. 전쟁영화 〈돌아오지 않는 해병〉, 태평양전쟁 시 일본군의 하와이 진주만 폭격을 다룬 〈도라 도라 도라〉도 재미있었다. 만화영화 〈번개 아텀〉도 인기였다. 그러나 영화 〈엄마 없는 하늘 아래〉는 너무 슬펐다.

중학교에 들어가자마자 학생 수준 점검 차원에서 시험을 봤다. 예상외로 내가 상위 그룹이었다. 속초에 있을 때 정인무 선생님이 공부를 재미있게 가르쳐주신 덕택이었던 것 같다. 선생님은 우리에게 암기할 내용을 종이에 써서 병에 넣도록 하고는 학교 옆 해수욕장으로 자주 데려갔다. 우리는 바다에 들어가 신나게 놀면서 그걸 외웠다. 돌아와서는 꼭 시험을 봤다. 놀면서 공부하기. 정인무 선생님의 학습 방법이었다.

자신감이 생겼다. 학기가 시작되고 첫 시험에서 120여 명 중 3등을 했다. 반에서는 2등이었다. 두 번째 시험부터 줄곧 전체 2등이었다. 학교 수학 선생님 아들인 친구는 1등 자리를 좀처럼 놓지 않았다. 2학년 1학기를 마칠 때 드디어 1등을 했다. 어머니와 약속 지키기 두 번째였다. 기쁜 소식을 들고 집으로 왔다. 어머니의 유일한 친오빠인 외삼촌이 그날 돌아가셨다. 슬픈 소식에 나의 두 번째 1등 소식은 아무에게도 전하지 못했다. 그 후 엎치락뒤치락 그 친구와 1등과 2등을 번갈아 했고, 졸업 때는 1등에게 주는 교육장상을 내가 받았다.

시골이라 학원도 없었고 학교 공부가 최선이었다. 그때 나는 예습에 주력했다. 미리 교과서와 함께 사전을 찾아보고 참고서를 읽고 가면 선생님 말씀에 몰입할 수 있었다. 특히 선생님의 질문에 답변을 잘할 수 있어 수업 분위기를 주도할 수 있었다. 주위로부터 인정받는 하나의 방법이 되기도 했다. '흥미와 관심 그리고 노력.' 이것이 당시 내 공부 방식이었다.

집안일을 돕다 보니 시험을 앞두고서 시간이 부족할 때가 많았다. 시험 기간 중에 5일마다 돌아오는 장날이 겹칠 때도 있었다. 가게에서 물건을 팔면서 책을 옆에 펴놓고 공부했다. 아무래도 암기 과목은 주위가 어수선해도 가능했다.

그래도 학교 공부만으로는 부족하다는 생각이 들어 당시에 인기가 있었던 《진학》이라는 월간 학습지를 사촌누나 매형에게 사 달라고 해 보충하기도 했다.

3학년이 되면서 고등학교 진학반(1반)과 비진학반(2반)으로 나뉘었다. 나는 진학반으로 갔다. 내가 1학년 때 한 선배가 전액 무료였던 금오공고에 합격했기 때문이다. 2학년 때도 한해 선배가 또 갔다. 두 선배의 진학을 보고 돈이 들지 않고도 고등학교를 나올 수 있는 방법이 있다는 것을 알게 되었다. 고등학교 가는 꿈을 꾸기 시작한 것이다. 그때 나는 금오공고 말고도 강원도의 한 축산고등학교, 서울의 철도고등학교도 학비 없이 다닐 수 있는 학교라는 얘기를 들어서 염두에 두고 공부했다.

공부. 그것도 중학교 시절의 공부. 거기에 매달리지 않았다면 나는 지금 무엇이 되었을까? 내게 주어진 기회를 선택할 수도, 내 것으로 만들지도 못했을 것이다. 그래서 내가 직면한 상황들이 나를 지배하고 나를 굴복시키고 말았을 것이다.

공부, 되돌아보니 그게 미래로 가는 버스 차표였다.

●

준비한 자 앞에
나타나는 징검다리

1975-1978

1974년 어느 겨울날, 긴장된 마음으로
우체국으로 갔다. 금오공고 합격자 명단이 신문(《서울신문》)에
실리는 날이었다. 직원에게 부탁해 어딘가로 배달 대기 중이
던 신문을 펼쳐 들었다. 합격자 명단이 눈에 들어왔다. 세로
쓰기로 된 글씨를 빛의 속도로 읽어 내려갔다. 지역별로 이름
이 있었다. 조급한 마음이 부르짖었다. "빨리 강원도 횡성군
을 찾아, 빨리!"

'이붕우(안흥중학).' 눈에 확 들어온 내 이름 석 자가 낯설었
다. 횡성군에서 1명이었다. "앗싸, 합격이다." 뛸 듯이 기뻤다.

집으로 달려갔다. 다들 기뻐해주었다.

금오공고는 전국 중학교에서 성적 5% 이내 학생 한 명씩을 학교장 추천을 받아 실기시험과 면접을 통해 선발했다. 횡성군에서 유일하게 우리 중학교에서만 내리 3년 합격자를 냈다.

나는 1975년 3월, 금오공고 3회로 입학했다. 전원 기숙사 생활이었다. 1학년 1학기 동안 기계, 전자, 판금용접, 금속 등의 분야를 돌아가며 실습하고 2학기에 전공을 선택했다. 나는 판금용접과로 가서 전기용접을 배웠다. 졸업 전 2급 기능사 자격증을 땄다. 필수였다.

고등학교 시절은 혼돈의 시기였다. 전국에서 뽑혀 온 학생들은 자부심으로 가득했다. 그래서 겉으로 보기에 그들은 기술을 배우는 교육 환경과 기숙사 생활, RNTC 후보생 훈련 등의 낯선 상황을 잘 수용하는 것처럼 보였다. 하지만 그들은 또래 여느 고등학생들이 겪는 성장통과는 전혀 다른 고민에 싸여 있었다. 하사관 5년 의무복무, 바로 그것이었다. 그 정책은 졸업 후 바로 대학을 갈 수 있는 기회를 제한했다. 학교는 3회 입학생 모집요강까지는 방위산업체 5년 근무를 의무로 내세웠다. 그게 내가 1학년으로 들어간 후 군복무 5년으로 변경되었다.

고등학교 3년간 기술도 익히고, 대학 가는 데 필요하다고 생각한 영어, 수학을 독학하면서 하루하루를 지냈다. 1학년 여름방학 때 서울 청계천 헌책방에서 구한 책들로 공부했다.

기숙사 생활이니 숙식은 문제없었지만 봉급이 있는 것이 아니라서 친척들이 이따금 보내주는 돈으로 용돈을 해결했다. 용돈? 그래 봐야 방학 때나 외출, 외박 때 드는 차비로 쓰는 정도가 전부였다. 매점에서 과자 하나 사 먹을 수 없을 만큼 돈이 궁했던 시절이다.

1978년 2월, 고등학교를 졸업하자마자 국가와 군의 명령에 따라 육군하사로 군에 입대했다. 그해 3월에 첫 봉급을 받았다. 누구에게 손을 벌리지 않아도 되니 그것처럼 좋은 것도 없었다. 친구들과 맛있는 것도 사 먹을 수 있게 되었다. 통제와 때로는 억압을 견뎌야 했지만 빈곤을 벗어나기 시작했다.

당시 최고 인재를 선발했다는 고등학교 시절, 가난한 현실과 앞에 닥칠 문제들이 나의 꿈을 옥죄고 있었다. 그때 나는 무엇이 되겠다는 뚜렷한 목표를 갖고 있지 않았다. 그렇지만 허송세월하지는 않았다. 비록 딩징은 안 되지만 언젠가 대학에 갈 것이라고 다짐하며 공고생들에게 부족한 영어, 수학 실력을 키우고자 했다.

2학년 겨울방학에는 고향인 안흥에 가지 않고 작은누나와 매형이 살던 창원의 독서실에서 방학 내내 책과 씨름하며 지냈다. 독서실에서 밤을 새우고 낮에는 매형 집에서 잠을 잤다. 그때의 준비가 훗날 새 버스를 갈아타는 또 하나의 차표가 되었다.

가난과 앞날을 알 수 없는 뿌연 안개가 지배하던 시절이었다. 그 시절은 소설 《데미안》의 싱클레어처럼 닥친 현실을 견디며 자아를 찾아가는 성장통을 겪던 때로 기억된다. 불투명한 미래로 흘러간 돌아오지 않는 강으로 추억된다.

금오공고. 지나고 보니 그 징검다리가 없었다면 과연 오늘의 내가 있었을까? 그리고 같은 고민을 갖고 시대를 관통해 여기까지 함께온 좋은 친구들을 어찌 만날 수 있었을까?

군대로의 외길에 들어서게 한 그 징검다리, 가난과 외로움을 떨쳐버릴 수 없던 시절, 생각하면 가슴이 먹먹하다. 그런데 나이가 들면서 자꾸 생각난다. 그래서 문득 돌아본다. 너나 할 것 없이 자부심을 가슴에 묻고 각자 마주친 상황과 환경 앞에 무릎 꿇지 않고 뚫고 나온 금오공고 출신들.

기업 CEO와 대기업 임원, 고위공무원과 장군, 법조인, 언론인, 의사, 교수 등 이루 헤아릴 수가 없다. 참 경이로운 일이다. 가난도, 두껍게 둘러싸였던 알껍질도, 보이지 않는 유리벽도 그들을 어쩌지 못했나 보다.

가슴에 파묻었던 금오공고에 대한 자부심, 이제는 억누를 수 없게 됐다.

청솔처럼 늘 푸르게
바위처럼 꼿꼿하게

1975-1978

'청솔처럼 늘 푸르게 바위처럼 꼿꼿하게.'

고등학교 시절 내가 스스로에게 다짐한 말이다. 사시사철 푸른 소나무처럼 희망을 잃지 말자는 뜻과 어떤 시련과 어려움이 있더라도 수십억 년을 버텨온 바위처럼 흔들리지 말자는 뜻이다.

10대 후반, 집을 떠나와 친구들과 지내는 환경. 가장 흔들리기 쉬운 때가 아니던가. 스스로 절제하자는 이 말을 생각날 때마다 쓰고 마음속으로 되뇌었다. 왠지는 모르지만 그렇게 해야겠다고 생각했다. 그때는 엄마 생각도 거의 하지 않았다.

내 속에서 무언가가 자라면서 스스로를 굳건히 하지 않으면 안 되겠다는 생각이 들었던 것 같다. 마음의 성장이었을까?

심지어 이런 생각도 했다. '차가 쌩쌩 달리는 대로를 가로질러 가더라도 결코 뛰어서는 안 된다.' 이게 무슨 궤변에 설익은 청년의 치기(稚氣)인가. 하지만 그때는 자못 그럴듯한 논리를 가지고 있었다. 차가 달리는 대로를 건너는 위험한 상황에서도 절대 당황하지 말고 정확히 판단하고 가야 한다는 뜻으로 마음속에 새기고 있었다. 지금 보면 우스운 얘기지만 이런 어린 생각들이 내 성격으로 굳어갔던 것 같다.

하여튼 나는 그때나 지금이나 생각이 많은 편이다. 길을 가면서, 꽃을 보면서, 돌과 나무를 보면서, 강과 들판을 보면서 이런저런 생각을 한다. 어릴 적 마당에 편 멍석에 누워 하늘의 별을 세고, 개울가 잔돌 위에 누워 갖가지 형상을 만들어내는 뭉게구름을 보며 상상의 나래를 펴던 습관이 이어졌을까?

혼자 있는 시간이 많았던 산골 소년은 그렇게 상상하며, 생각하며, 스스로 다짐하며, 세상을 건디며, 그의 길을 열어가고자 했다.

사자굴을
통과하다

1980

1979년 봄부터 가을까지 육군행정학교에서 오직 입시 준비에만 매달렸다. 그 결과 의기투합했던 친구와 육사에 나란히 합격했다. 우리는 너무나 기뻤다. 이제 새 세상을 연 기분이었다.

1980년 2월, 육사에 들어가 한 달간 가입교 훈련을 받았다. 예나 지금이나 이 훈련을 통과해야 정식 사관생도가 될 수 있다. 제식훈련, 군대예절, 총검술, 각개전투, 분대전투, 뜀걸음과 행군 등 병사들이 훈련소에서 받는 것과 비슷한 훈련을 받았다.

추운 겨울바람에 볼이 얼어 터지고 얼굴이 새카맣게 탔다. 분초를 다투는 시간에 항상 쫓겼다. 명령 없이는 눈알조차 굴릴 수 없었다. 그래도 행복했다. 그 정도의 훈련은 이미 고등학교 RNTC 과정에서 다 받았다. 기숙사 생활을 했기 때문에 생도 내무 생활도 수월했다. 보급 사정도 고등학교 때와 비교가 되지 않을 만큼 좋았다. 역시 국가 동량을 키우는 육사였다.

가입교 과정에서 가장 인상 깊었던 것은 단연 육사의 전통 의식인 '사자굴 통과행사'였다. 훈련복으로 갈아입은 우리는 상급생도들이 예복을 입고 2열로 서서 만든 통로 사이를 지나갔다. 상급생도들은 웃고 떠들면서 거기를 지나는 우리의 어깨와 등을 장난스럽게 툭툭 치고 밀면서 "야, 멋있다. 장군감이다. 용감한 군인이 되겠다"라며 북돋아주었다.

사자굴을 다 통과하고 나서 맨 앞의 가입교 생도대형에 서자 상급생도들이 대형을 갖추어 뒤에 섰다. 그러자 앞 20여 개 계단 위쪽으로 예닐곱의 생도를 뒤에 거느리고 누군가가 어둠 속에서 나타났다. 자치 근무 참모생도를 대동한 사관생도 중 가장 높은 직위의 여단장 생도였다. 그가 우리를 향해 사자후를 토했다.

"백수의 왕 사자는 새끼를 낳으면 낭떠러지로 데려가 떨어

훈련복으로 갈아입은 우리는 상급생도들이
예복을 입고 2열로 서서 만든 통로 사이를 지나갔다.
상급생도들은 웃고 떠들면서 거기를 지나는
우리의 어깨와 등을 장난스럽게 툭툭 치고 밀면서
"야, 멋있다. 장군감이다. 용감한 군인이 되겠다"라며 북돋아주었다.

뜨린 후 그 절벽을 기어오르는 새끼만을 키운다고 한다. 40기 후배들이여, 어떠한 시련에서도 참아라, 참아라 그리고 또 참아라. 그리하여 백수의 왕 사자가 되라."

여단장 생도의 쩌렁쩌렁한 목소리가 생도대 밤의 정적을 갈랐다. 그의 등 뒤 양옆에서는 백색 가로등이 밝게 빛났다. 등을 등지고 예모를 깊이 눌러쓴 여단장 생도의 얼굴은 그림자가 드리워져 잘 보이지 않았다. 적색과 청색이 조화를 이룬 예복 상의와 하얀색 하의, 거기에 백(白)구두를 신은 여단장 생도는 허리를 곧추세운 부동자세로 머리만 천천히 좌우로 돌리며 우렁찬 소리를 냈다. 그때마다 밤하늘의 별을 향해 쭉 뻗은 하얀 예모 깃털이 조금씩 흔들렸다. 생전 처음 본 몽상적이면서도 신비로운 광경이었다.

혈기왕성한 청년들이 맹수가 포효하듯 내지르는 함성, 어깨를 툭툭 치고 밀치는 상급생도들의 장난 어린 스킨십, 밤의 빛과 조화를 이룬 여단장 생도와 그 무리, 가슴을 찢는 사자후.

내 가슴은 육사에 대한 자부심으로 들끓기 시작했다. 기필코 정식 사관생도가 되겠다는 의지가 솟구쳤다.

절실함은
편견도 깬다
1980

가입교 훈련을 무사히 마치고 드디어 1학년 생도가 됐다. 4학년 분대장 생도 밑에 1, 2, 3학년 생도가 편성되었고, 중대단위로 함께 생활했다. 학년별로 2명 또는 3명씩 한 호실(방)을 썼다. 나는 9중대로 배치됐고 분대 1학년 3명이 함께 생활했다.

내무생활은 숙달이 되어 있어서 적응에 문제가 없었다. 그런데 2학년 상급생도들이 하사로 2년 군복무를 하다 들어온 나에게 편견을 가진 듯했다. 나이도 그들보다 많고 하사관으로 군복무 경험도 있으니 자신들의 말을 잘 안 듣고 무시할지도 모른다는 생각을 하는 것 같았다.

그래서 어느 한 1학년 생도가 지적을 받으면 단체든 호실 단위든 구실을 붙여 나를 끼워 넣어 얼차려를 줬다. 얼차려는 엎드려 있기, 팔굽혀펴기, 쪼그려 뛰기 등이었다. 2학년에 올라가서는 고약한 3학년 생도를 만나 단체 원산폭격(양손을 허리 뒤로 하고 머리를 땅에 대고 견디는 가혹행위)은 물론이고 야구방망이로 얻어맞기까지 했다. 그때마다 이를 악물고 다른 생도들보다 더 열심히 얼차려를 받았다. 그들에게 흐트러진 자세를 절대 보이면 안 된다고 생각했다. 내가 꾀를 부리며 적당히 할 것이라는 편견이 있을 수 있기 때문이었다.

얼마 지나지 않아 그들의 편견이 깨졌다. 나의 태도가 매우 수명적이고 적극적이었기 때문이다. 이제 단체 얼차려 외에 나를 부르는 일이 없게 됐다. 다른 1학년 생도들에게 공포의 대상이었던 같은 분대의 한 2학년 생도는 나를 인간적으로 대해줬다. 어느 휴일에 그가 나의 호실로 찾아왔다. 자신은 재수하고 육사에 들어와 나와 나이가 같다며 생도 생활 잘하는 방법을 가르쳐주기도 했다. 배고프지 않느냐며 먹을 것을 갖다 주기도 했다. 고마운 생도였다.

한번은 2학년 생도들이 1학년 전체에게 단체 얼차려를 주는 일이 있었다. 나는 최선을 다해 얼차려를 받고 있다고 생각했다. 그런데 갑자기 뒤에서 누가 "이봉우 생도 뒤로 열외!" 하며 크게 소리를 질렀다.

벌떡 일어나 뒤로 달려갔다. 나를 부른 사람은 참 조용하다고 여겨왔던 2학년 생도였다. 우리를 괴롭히지 않았던 그였다. 그날 그는 검은색 가죽장갑을 끼고 있었다. 어릴 때 본 액션영화 〈비나리는 선창가〉의 그 검은 가죽장갑. 그의 앞에 막 서려는 순간 명치 쪽으로 무언가 날아왔다. 검은 가죽장갑을 낀 그의 오른손이었다. "헉." 숨이 막혔다. 나도 모르게 배신감 같은 감정에 휩쓸리며 입에서 욕이 흘러나왔다. "씨×." 얼굴이 하얘진 나는 배를 잡고 허리를 굽힌 채 그를 노려보았다. 조용한 2학년 생도의 얼굴이 일그러졌다. 다른 2학년 생도들이 나의 태도에 웅성거리기 시작했다. 그때 어디서 달려왔는지 재수한 그 2학년 생도가 나를 감싸안고 호실로 데려갔다.

그 일은 그냥 그렇게 지나갔다. 그 후에도 2학년 생도들의 단체 얼차려는 계속됐지만 우리를 손이나 발로 때리는 일은 크게 줄었다. 지금도 조용했던 2학년 생도가 왜 그랬는지 알 수 없다. 편견은 깨지기 어려운 것인가?

혈기왕성한 젊은이들이 모여 있는 곳. 그곳 육사 화랑대에서 서로의 꿈을 찾아가는 과정에서 벌어진 숱한 사연들이 아련한 추억이 되어 한 편의 영화처럼 뇌리를 스친다. 나의 20대 초반은 절실함이 모든 것을 이겨낸 시간들이었다.

2부

군인과
생각

모든 것의 시작은
생각이다

1980

20대에 나는 스스로에게 말했다.

"생각할 줄 아는 사람이 되라. 생각했으면 실천하라. 실천하되 윗사람에게는 사랑을, 동료에게는 신뢰를, 아랫사람에게는 존경을 받을 수 있도록 하라."

반복하여 쓰고 읽었다. 내 인생을 관통하는 말이 됐다. 아이들을 키우는 가훈으로 삼았다.

생각은 문명의 원동력이다. 직립보행, 이에 따른 양손의 사용, 도구의 이용 등 인류의 발전 과정은 생각의 결과물이다. 생각이 없었다면 농업혁명, 종교혁명, 명예혁명, 산업혁명, 정치혁명, 정보기술혁명이 가능했겠는가? 동물의 세계와 다른 점이다.

나는 사관학교를 졸업하면서 정훈장교가 됐다. 장병 정신전력과 군 홍보를 담당하는 일을 했다. 여느 군인들은 총탄으로 싸운다. 하지만 정훈장교는 메시지로 싸운다. 장병들이 애국심으로 무장하고 적과 싸워 이기겠다는 신념을 가지도록 한다. 국민개병제하의 우리 국군은 국민의 자녀로 구성된 국민의 군대로서 국토를 방위하고 국민의 생명과 재산을 보호하기 위해 목숨을 걸고 봉사한다. 국민이 세금을 내어 그들을 지원한다. 이런 군대가 적과 싸워 이길 수 있는 능력을 갖추고 있음을, 군복무 중인 국민의 자녀들이 잘 근무하고 있음을, 어쩌다 사고라도 생겨서 국민들이 걱정하면 소상히 그 이유와 재발방지대책을 국민에게 알려야 한다. 그런 일에 정훈장교들이 앞장선다.

이런 정훈장교에게는 세 가지 능력이 있어야 한다고 생각했다. 첫째, 생각할 줄 아는 능력. 둘째, 말하기 능력. 셋째, 쓰기 능력이다. 이는 메시지 기획과 전달의 핵심 요소다.

북한 사회를 가만히 들여다보면 '북한은 죽은 자가 지배하는 사회이다'라는 메시지를 생각해볼 수 있다. 김일성 주체사상과 김일성 왕조 우상화가 드리우고 있는 검은 그림자, 3대세습체제와 북한 주민의 고달픈 삶과 유린되고 있는 인권, 자유 대신 감시와 처벌이 만연된 닫힌 사회. 메시지에 이런 사실을 뒷받침하면 대상에게 관점을 제시할 수 있다. 생각관리의 프로세스다. 이것이 정훈장교의 존재 이유다.

생각이란 순간순간 직면하는 문제를 풀거나 먼 목표를 향해 가는 길을 여는 열쇠이자 시발점이다. 문제 해결사이자 창조의 원동력인 것이다. 그래서 나는 '생각'에 천착했고 삶의 지표로 삼고 있다.

산골 소년의 혼자 상상하며 놀던 버릇의 진화인가? 눈을 감으니 어릴 적 시골 마당에 누워 쳐다보던 밤하늘의 별들이 반짝거린다. 생각은 언제나 시공간을 초월한다는 점에서 위대하다.

생각관리의
기술

2012

　　합참공보실장이던 2012년 어느 날, 훗날 누가 내게 "당신은 군대 생활을 오랫동안 했다는데 무슨 일을 하였소?"라고 물으면 무어라 답해야 할까라는 생각이 문득 들었다.

　　그 순간 내 머릿속에 이런 말이 굴러다녔다. "장병들의 정신전력을 위해 정훈교육을 했고, 홍보와 공보활동을 통해 국민들의 성원과 지지를 받도록 하고 북한군에게는 두려움을 전하여 감히 도발하지 못하도록 하는 일, 장병들의 사기진작과 정서안정화를 위한 문화예술 활동 등을 했소."

맞는 말이긴 하나 너무 장황했다. 군을 모르는 이라면 알아듣기가 어렵다. 셰익스피어가 말하지 않았던가? "무릇 간결은 지혜의 본질이다"라고.

한동안 깊은 생각에 잠겼다. 그리고 결론을 냈다. 바로 '생각관리'다. 장병들이 국민의 군대 일원으로서 군복무를 자랑스럽게 생각하게 하는 일, 대한민국을 적으로부터 지키겠다고 굳게 다짐하게 하는 일, 죽음을 각오하고 적과 싸워야겠다고 두 주먹 불끈 쥐고 앞장서게 하는 일, 국민이 군대를 믿음직하게 여기고 군을 성원하도록 하는 일, 언론을 통해 군의 강력한 의지와 능력을 적에게 전달함으로써 억제에 기여하는 일, 문화예술 활동을 통해 장병의 생각과 정서, 심성을 다독이는 일. 이 모두가 사람의 생각과 행동에 영향을 미치려는 것들이다. 즉 사람의 뇌 공간에 글, 말, 영상, 행위 등으로 표현된 메시지를 투사하여 생각과 행동에 영향을 미치는 '생각관리'인 것이다.

생각에도 지형이 있다. 높고 낮음, 거칠고 온화함, 넓고 좁음, 길고 짧음······. 그러나 생각은 동시성을 가지고 있어 과거와 현재, 먼 곳과 가까운 곳이 같은 시간에 공존한다. 생각은 '과거로부터 시작되어 지금 현재로 굳어진 것(thought), 지금 당장 여기서 일어나고 있는 현상적인 것(thinking)'으로 차별된다.

　결국 생각은 사람마다 가진 생각의 지형이라 할 성격과 성질에 따라 다를 수밖에 없고, 각자가 겪은 시대적, 시간적, 공간적 경험, 지금 여기서 겪는 시공간 상황에 따라 달라지는 것이다.

　생각에 대한 사색이 이런 지경까지 도달하면 너무 골치가 아파진다. 그래서 여기서는 생각이 인간의 뇌 공간에서 일어난다는 사실만 들여다보겠다. 옛사람은 마음이 심장에 있다고 여겼다. 그러나 현대과학은 뇌 공간에 있다는 사실을 밝혀냈다. 빛은 후두엽에서, 소리는 측두엽에서 관장한다. 좌뇌는 논리, 우뇌는 감성에 관여한다고 알려져 있고, 좌뇌와 우뇌는 뇌량을 통해 서로 연결된다. 전두엽은 온갖 정보를 처리하여 판단하고 결심하며, 그것들은 해마에 저장된다. 편도체는 장기적인 기억장치로 공포 감정을 처리한다고 알려져 있다. 우리의 생각과 행동은 이런 뇌의 반응을 따른다.

　그래서 나는 후배들에게 뇌과학 책 읽기를 권장했고, 뇌과학자를 초청해 강연을 듣기도 했다. 현대 뇌과학은 뇌 영상을 통해 사람의 생각을 읽어낼 정도로 발전했다. 사람을 다루는 일은 인문학과 사회과학, 과학기술 등 제반 학문이 융합되어야 하는 매우 복잡한 것이다. 사고의 틀을 확장하고 폭넓은 지식을 쌓아야 하는 이유가 여기에 있다.

지금까지 군 정훈교육의 프레임은 내용과 시간 중심이었다. 국가관, 대적관, 군인정신 등의 내용을 다양한 방법으로 많은 시간을 투자하면 된다는 식이었다. 교육 대상에 대한 분석과 지속적인 정신 관찰이 이루어지지 않았다. 그야말로 지식이 관념에 머무르는 데 지나지 않았다.

그러면 유용한 결과를 가져오게 하는 방법은 무엇인가? 콘텐츠(contents)가 아닌 사람 중심 정신교육이 핵심이다. 군에 갓 들어온 신병, 자대에 적응하기 시작한 일병, 숙달된 상병과 병장, 전역을 얼마 남기지 않은 말년 병장에 따라 정신교육 내용을 차별화해야 한다. 전반적인 전략과 계획은 나의 재임 기간에 세워졌다. 입대 병사 2000명을 선정해 그들의 생각 변화를 추적했고 육군 전문기관(분석평가단)에서 이를 분석했다. 국민들의 군에 대한 생각도 예산을 반영해 전문 업체가 주기적으로 설문조사를 통해 확인하고 정책에 반영하도록 하는 시스템을 가동했다.

대령을 특별연구팀장으로 임명해 1년간 연구하게 했고 그 결과를 장기발전계획 책자로 발간해 활용토록 했다. 그러나 유용한 결과를 얻기 위한 끊임없는 고민이 필요한 만큼 정착은 쉽지 않다. 지금 후배들이 열심히 노력 중이기는 하지만⋯⋯.

'생각관리'라는 용어는 오해의 소지도 있다. 생각의 자유, 사상의 자유를 옥죄려는 것 아니냐는 오해가 생길 수 있다. 그렇지 않다. 민주주의 철학과 이념의 틀을 유지하며 대한민국 구성원으로서, 적과 싸워 이겨야 하는 전사로서 가져야 할 생각의 보편성을 지향하기 때문이다.

칼날 위에
서야 했다

2007-2014

군은 국민의 생명과 재산을 보호하기 위해 국민의 자제로 구성되어 국민의 세금으로 운용되는 집단이다. 국가와 국민은 군이 이러한 임무를 완수할 수 있도록 무기 소유와 사용권까지 부여하고 있으며, 이를 위한 인적, 물적 지원을 법적으로 보장하고 있다.

이런 강력한 무장력을 허용하는 대신 이것이 잘못 사용될 가능성을 차단하기 위해 문민통제 원칙하에 법적, 제도적으로 견제하고 있다. 5·16과 12·12라는 현대사를 겪은 국민들로서는 무엇보다 걱정되고 신경 쓰이는 일이 아닐 수 없다.

공보의 기본 임무와 역할은 군의 모든 활동을 국민들에게 숨김없이 지속적으로 언론을 통해 보고하는 일이라 할 수 있다. 그것은 민주군대의 의무이기도 하다.

그러나 모든 집단에는 집단보호주의가 작동한다. 군도 예외는 아니다. 소령으로 육군본부 공보과 실무자로 근무하던 1998년 어느 날, 지역 통신사에 '예비군 훈련 간 내기 사격' 제하의 황당한 보도가 나왔다. 훈련 담당 중대장(현역 대위)이 흥미 유발을 통해 훈련 참여도를 높일 목적으로 예비군들에게 내기 사격을 제안했고, 실제 이루어졌다는 것이었다.

보도를 보고 바로 해당 군단과 사단에 전화했다. 부대에서는 부인했다. "아니 어떻게 현역 중대장이 내기 사격을 하자고 했겠냐, 예비군들이 자체적으로 재미 삼아 했으면 몰라도." 이에 상급자들과 상의하여 육군 입장자료를 썼다.

"○○○의 예비군 훈련 간 내기 사격 제하의 보도는 사실이 아님. 사실 확인 없이 보도한 데 대해 유감스럽게 생각하며, 해당 언론사에 대해서는 필요한 조치를 취할 것임."

그런데 아무래도 한 번 더 확인이 필요하다는 생각이 들었다. 보도 말미에 기재된 기자의 이름을 확인하고 전화번호를 수소문해 전화를 걸었다. "내가 직접 예비군 훈련에 들어가 내기 사격까지 했다. 나는 돈을 잃었다"라고 기자가 대답하는 것이 아닌가. 다시 부대로 전화했다. "기자가 자기가 직접 내기 사격을 했다고 말하는데 사실이 뭐냐?"고 물었다. 그제야 "사실이 맞다"고 실토했다.

만일 그때 사실을 다시 한 번 확인하지 않고 육군 입장자료를 내보냈으면 육군이 큰 망신을 당할 뻔했다. 지금 생각해도 아찔하다. 그 일 이후 나는 군은 집단보호주의가 작동한다는 전제하에 언론의 질문에 무게를 두고 사실관계를 판단하는 버릇이 생겼다. 언론은 가끔 오보나 과장보도를 해서 군을 힘들게 하기도 한다. 그러나 전반적으로 보면, 또 오랜 시간이 흐른 다음에 되돌아보면 언론이 옳았다.

나는 이런 언론관을 가지고 있다. 하지만 보안은 철저히 지켜져야 한다고 믿는다. 그것은 국익과 인권보호에 관한 것이기 때문이다. 기자는 자기가 들은 얘기를 언젠가 쓴다. 출처보호는 될지 몰라도 비보도 설명(off the record)도 언론에 다 나오게 되어 있다. 그러니 보도가 돼서는 안 될 사안은 아예 얘기하지 않는 것이 정답이다.

언론과 직접 접촉하며 일하는 공보장교는 군사보안사항이 보도되면 제일 먼저 유출자로 의심받는다. 나는 군에서 언론 기밀유출과 관련된 기관조사를 참 많이 받았다. 휴대폰 통화 기록 제출, 일대일 직접조사, 휴대폰 포렌식 등등. 그 과정에서 정말 자존심을 상하게 하는 일도 많았지만 이젠 추억이 됐다.

많은 조사를 받으면서도 문제가 없었던 것은 보안을 철저히 지키고, 기자를 만날 때 절대 일대일로 만나지 않는다는 원칙을 지킨 덕분이 아닌가 한다.

나는 기자를 만날 때 당국자가 둘 이상이 되도록 했다. 나와 누군가가 항상 동행하는 것이다. 그리고 서로 다른 매체가 둘 이상이 되도록 했다. 그래야 기밀유출 의심을 받을 때 그들이 증명해줄 수 있기 때문이다.

2012년, 잠시 국방부를 출입했던 모 신문기자가 '북한군, 아 GP 총격 사건 발생' 내용을 단독보도했다. 내가 그 기자와 보도 전날에 저녁을 같이 먹었다는 이유로 유출자로 지목되어 집중 조사를 받았다. 그때 저녁식사에 같이 동행했던 해군 소령이 사실이 아님을 증명하고서야 오해에서 벗어날 수 있었다. 나 혼자 만났다면 큰 곤경에 처할 뻔했다. 그 기자는 청와대, 통일부, 외교부 등 취재원이 많았고 최고위직과도 수시로 통화하는 사이였다. 내 앞에서 직접 최고위직과 통화하는 모습을 보이기도 했으니 말이다. 통상 기자들이 자신의 입지를 과시할 때 쓰는 수법 중 하나다.

공보장교들은 언론과 직접 접촉하는 현장에 있다는 이유로

군 당국자들로부터 군사기밀을 유출할 가능성이 높다고 늘 의심받는다. 그러면서 언론으로부터는 제일 많이 질문받으며 여론을 관리해야 한다. 그 사이 운신의 폭은 칼날과도 같다. 그 칼날 위에 공보가 서 있는 것이다. 움츠리고 있으면 무능해 보이고 나서면 한 방에 생명이 위태로울 수 있는 자리, 그 자리를 서보지 않은 사람은 모른다.

나는 그중 책임지는 자리에 2007년 말부터 2014년 말까지 대략 7년 동안 있었다. 실패도 많았고 곤경에 처할 때도 있었다. 그래서 살아남은 게 기적이라는 생각이 든다. 하지만 자부심을 느낀다. 나는 국민의 군대, 민주군대의 선봉에 서서 일했다. 군대가 보다 투명하게 국민 가까이 가야 한다는 원칙에 충실했다. 그래서 '사실, 속도, 소통'이라는 군대의 공보 패러다임을 구축했다.

그러고 보니 어느새 버스 차창으로 용산 삼각지가 보이기 시작한다. "삼각지 로터리를 헤매 도는 이 빌~길‥" 귀에 익은 노래가 들려오는 듯하다.

삼각지에서
카투사를 만나다

1993-1995

삼각지에서 처음으로 카투사를 만났다. 미군에 증원된 한국군(Korean Augmentation to the United States Army). 이들이 카투사다. 혹자는 그들을 '카추샤'라고 부르기도 하는데 그건 유행가 가사에 등장하는 러시아 여자 이름과 헛갈려서 하는 소리다. 한마디로 콩글리시다. 카투사는 명칭의 혼란뿐만 아니라 미군들과 함께 생활하기 때문에 오해와 편견에 시달려왔다. 한국전쟁에 참전한 초기 카투사부터 한미군사협력의 최전선을 담당하는 지금의 카투사에 이르기까지 모두가.

나는 1990년부터 2년간 연세대학교 대학원에서 정치학 석사 과정을 다녔다. 부대 근무를 하지 않고 학군단에 소속을 두고 오직 학업만 하는 주간위탁교육이었다. 사실 나는 육사를 졸업하면서 육군 대령과 정치학 박사가 되겠다는 꿈을 꿨다. 정훈장교의 길을 걷게 된 것도 그런 이유에서다.

육사를 졸업하면 모두 장군의 꿈을 꿀 것이라고 생각하지만 다 그렇지는 않다. 사관생도 1학년 때였다. 졸업을 앞둔 한 4학년 생도가 여러 생도들 앞에서 생도 생활 소회를 얘기한 적이 있다. 그런데 그는 꿈이 참된 군인이 되는 것이고 계급은 육군 대령까지 원한다고 했다. 야무진 모습을 보이던 그가 의외로 평범한 바람을 이야기하니 아주 인상 깊었다. 그는 가장 솔직히 가장 현실적인 말을 후배들에게 한 것이다. 그때 나는 장군 계급은 바라볼 수는 있어도 그것을 목표로 하기에는 너무 멀고 부족하다고 생각했다. 그건 고등학교를 마치고 하사 생활을 하면서 꿈이 너무 현실화된 데다 야전으로 향하는 발길이 결코 쉽지 않다고 여겼기 때문이다.

나는 당시 카투사 40년사 연구팀을 이끌었다. 그때까지 카투사에 관한 연구는 몇몇 석사 논문과 용산 미8군 도서관, 미2사단 도서관을 뒤진 미군 자료, 육군본부 병적 기록부와 한국전쟁사의 일부 기록, 일부 언론에 기고한 한국전 참전 카투사의 글 등이 전부였다. 그래서 보다 역사적 의미가 담긴 자료와 기록을 구할 목적으로 6월을 기해 카투사 40년사 연구팀이 꾸려진 사실을 언론에 알렸다. 그러자 한국일보(이충재 기자)가 박스기사로 크게 보도했다.

효과가 바로 나타났다. 보도가 나간 지 얼마 안 된 어느 날, 한국전에 참전해 미군 소위 계급장까지 받은 카투사 출신 송백진 씨가 사무실로 찾아왔다. 옛 기록과 기념품을 한 보따리 싸 가지고 말이다. 게다가 오랜 세월이 흘렀는데도 당시 상황을 정확히 기억하고 있어 소중한 증언을 해줬다. 다른 참전 카투사를 연결해주는 다리 역할도 했다. 1년여 연구 끝에 40년사는 '카투사의 어제와 오늘'이라는 제목으로 출간되어 미군과 우리 국방부, 합참, 카투사 부대, 전국 주요 대학 도서관에 배포됐다.

카투사 탄생 배경은 한국전쟁이었다. 북한군의 기습을 받고 일방적으로 밀리는 상황에서 미군은 병력 부족, 한국군은 무기와 장비 부족에 시달렸다. 더구나 피난민 속에 섞여 들어오는 적 오열(五列)을 미군이 구분하기란 거의 불가능했다. 미군의 민간인 폭격 사건도 이런 연유에서 발생했다.

결정적 계기는 인천상륙작전이었다. 전쟁 초기 한강 방어선을 돌아본 맥아더 장군은 이미 인천상륙작전을 구상하기 시작했고 지형과 언어에 능숙한 한국군을 미군과 함께(Buddy System) 싸우도록 했다.

초기 카투사들은 1950년 8월 15일경 대구 지역에서 무작위로 징집됐다. 소총을 메어 끌리지 않을 정도면 바로 징발했고 영어 능력이나 집안 사정은 고려되지 않았다. 어떤 이는 아픈 아내의 약을 사러 나왔다가 붙들려 오기도 했다고 한다. 징집된 초기 카투사들은 일본 벤푸로 보내져 소총 사격과 함선 승하선 훈련을 받고 작전에 투입됐다. 미7사단, 미1기갑여단, 미3사단 등 주요 전투부대에 배속되어 미군의 동반자로서 역할을 하며 적과 싸웠다.

오늘날 카투사들은 판문점 공동경비구역(Joint Security Area, JSA), 동두천 미2사단, 용산 미8군, 평택, 대구 등 전국에 산재한 미군 부대에서 미군과 함께 한반도 방어를 위한 임무에 전념하고 있다. 그들은 양식을 먹고 미군 숙소에서 잠을 자며 함께 생활한다. 그들이 겪는 영어 스트레스, 인종문제, 체력 극복과 임무 달성에 대한 중압감 등은 강인한 정신력을 요구한다. 그걸 우리 젊은이들은 아주 잘 견디며 모범적으로 수행하고 있다. 미군에게도 그 우수성을 크게 인정받고 있다.

연구 결과를 토대로 부대가 아닌 연락단 형태로 존재했던 '미8군 한국군지원단'은 부대 깃발을 가진 육군본부 직할부대로 바뀌었고, 카투사와 주한미군 인건비를 비교해 방위비 분담금의 논리로 활용해야 한다는 제안은 협상에 나서는 이들의 주의를 환기시켰다.

이후 나는 연구 내용을 카투사들이 스스로 긍지와 자부심을 갖도록 하는 정신교육에 적극 활용했다. 평택 카투사 신병 교육대, 의정부 캠프 잭슨 하사관 교육대, 판문점 공동경비구역 대대 등 여러 부대를 다니며 교육했다. 1994년 국방부 군사연구소의 원고 청탁을 받아 '카투사 제도의 성립과 운용'이라는 논문을 쓰게 됐는데 카투사 초기 연구 분야의 전문 논문이 됐다. 카투사 연구 공로가 인정되어 미군으로부터 미국육군훈장 표창을 받기도 했다.

삼각지로 첫발을 디딘 미8군 근무는 한미 동맹과 미군을 폭넓게 알게 되고 카투사를 이해하게 된 소중한 시간이었다. 돌아가는 삼각지, 중독의 거리 삼각지와의 첫 인연이었다.

돌아가는 삼각지로
돌아가다

1993~2012

        용산 삼각지. "삼각지 로터리에 궂은비는 오는데 잃어버린 그 사랑을 아쉬워하며……" 하는 배호의 노래 〈돌아가는 삼각지〉가 먼저 떠오르는 곳이다. 1966년 발표된 이 노래는 큰 인기를 끌었고 1970년에 영화로도 만들어졌다. 그 노래비가 삼각지역 12번과 13번 출구 사이에 서 있다.

      그런데 이곳이 대한민국 국방의 최고 현장이라는 것을 아는 이가 얼마나 될까? 그리고 가수 배호(본명 배신웅, 1942~1971)가 독립군(부 배만금, 모 김금순)의 아들이었다는 사실도.

용산 삼각지 인근에는 국방부, 합동참모본부, 한미연합사령부(주한미군사령부, 유엔군사령부), 방위사업청, 국방홍보원, 수방사 일부 부대와 전쟁기념관 등 여러 군 시설들이 산재해 있다.

용산 삼각지는 나라의 존망과 국력의 부침이 이 일대 군대의 국적과 외양을 어떻게 만들어왔는지를 보여주는 역사의 현장이다. 이 지역은 1882년 임오군란 때 청나라 군대의 주둔 이래 일제가 1904년 러일전쟁을 계기로 토지 300만 평을 수용하면서 군대 주둔지로 변모했다. 해방과 더불어 우리 국군과 미군이 이 지역을 이어받아 오늘에 이르고 있다.

나는 용산 삼각지에서 도합 네 차례 10년을 근무했다. 첫 번째가 앞서 얘기했던 소령 시절로 1993부터 2년간 미군 용산캠프 지역에 있는 미8군 한국군지원단 근무였다. 2001년 4월, 중령으로 전방 사단 참모를 마치고 국방의 최고기관인 국방부로 첫발을 디뎠다. 국방부장관 연설문 담당이었다. 삼각지와의 두 번째 인연이다.

이어 언론과의 최일선인 국방부 대변인실 공보총괄장교로 자리를 옮겼다가 2004년 국방부를 떠났다. 2007년 대령이 되면서 대변인실 공보과장 겸 부대변인 자리로 돌아왔다. 세 번째다. 2009년 12월 국방부를 떠나면서 다시는 이곳으로 돌아오지 못할 것이라고 생각했다. 하지만 6개월 만에 명령에 따라 합참공보실장 자리를 맡으며 다시 돌아와야 했다. 네 번째다.

2012년 말 장군이 되면서 사실상 삼각지를 떠났다. 용산 삼각지에서의 직책들은 미군과 카투사들과 함께한 첫 번째를 제외하고 대부분 매일 기자와 얼굴을 맞대는 자리였다. 그래서 기자들과 보낸 시간이 많다. 아마도 가족보다 기자들과 밥을 더 많이 먹었지 싶다. 자랑은 아니지만 그걸 마일리지로 환산하면 그 바닥을 거쳐 간 공보장교들 중에 내가 세 손가락 안에는 들지 않을까 한다.

정부 부처가 다 그러하듯이 국방부도 출입기자실을 운용한다. 국방부 청사 1층에 브리핑 룸과 출입기자실을 두어 기자들의 취재 편의를 제공하고 있다. 지금의 새 청사로 이전하기 전에는 전쟁기념관 맞은편 10층짜리 건물 1층에 브리핑룸과 기자실을 한 공간에 운용했다. 그러다가 2003년 현 국방부 신청사 입주 때 더 넓은 현재의 위치로 옮기면서 출입기자실과 브리핑룸, 인터뷰실, 카메라기자실 등의 구색을 갖추었다. 그 후 두 차례 확장과 리모델링 과정을 거쳐 오늘에 이르렀다. 내가 공보총괄장교와 공보과장으로 있을 때 이전과 확장이 이루어졌고, 이후에 사무실 재배치와 확장, 리모델링이 진행됐다.

참여정부 시절 개방형 출입기자 제도를 밀어붙인 적이 있다. 출입기자실을 폐쇄하고 인터넷 매체 등 모든 언론에 취재를 허용한다는 취지였다. 나는 참여정부 임기가 다 되어가던 2007년 12월 국방부 공보과장을 맡게 됐다. 국방부와 검찰청을 제외하고 이미 다른 정부부처 기자실은 대부분 폐쇄된 상태였다. 기자실을 잃은 기자들이 부처 청사 복도를 점거하고 농성을 벌이며 취재 활동을 했고 이런 사실이 연일 보도되었다.

당시 국방부는 구 청사 옛 대회의실을 리모델링하여 브리핑룸을 만들고 그곳으로 기자들을 이동시킨다는 계획을 추진 중이었다. 하지만 출입기자들은 버티고 있었다. 매일 진행되는 구 청사 브리핑에는 인터넷 매체 기자와 참여정부 정책에 동조한 몇몇 언론매체 기자들만이 참석했다. 주요 매체 기자들이 빠진 맥없는 브리핑이 계속됐다.

기자실 폐쇄 데드라인인 12월 말이 다가오자 참여정부 홍보라인에서 국방부 기자실 폐쇄를 위해 움직이기 시작했다. 때마침 국방부 장관이 해외 출장을 나간 틈을 타 청와대 관계자 2명이 차관을 만나고 돌아갔다. 바로 그다음 날 새벽 2시경, 국방부 대변인으로부터 전화가 왔다.

"이 대령, 차관이 지금 병력을 투입해 기자실을 폐쇄하라고 전화를 했소."

"아니 이 어둠 속에서 준비도 없이 안 됩니다. 그러다 몸싸움 과정에서 사고라도 나면 큰일입니다. 날이 밝을 때까지 미루는 게 좋을 것 같습니다."

대변인은 그러자고 했다. 그 당시 국방부 출입기자들은 자체 회의를 열어 기자실을 사수하겠다는 결의를 하고 교대로 24시간 기자실을 지키고 있었다. 날이 밝자 나는 국방부근무지원단 관계자와 대변인실 요원 등을 집합시켰다. 개략적인 기자실 폐쇄 계획을 논의했다.

"50여 명의 병력을 동원하되 사복을 입힌다. 몸이 불편한 기자와 여 기자는 그 기자와 잘 아는 대변인실 간부들이 일대일로 맡는다. 되도록 신체접촉을 하지 않으며 그들의 자발적 이탈을 유도한다. 폐쇄 과정에서 언론의 취재가 예상되므로 유념하여 행동한다. 디데이는 별도로 봉보한다" 등이 있다. 기행을 염두에 둔 것이라기보다 만일의 상황을 점검하기 위해서였다.

그날 출입기자들에게 "오늘 오후 5시 부로 출입기자실 전기를 끊는다"는 통보를 했다. 그러자 10여 명의 기자들이 침낭과 두터운 옷가지를 챙겨 철야에 대비하는 게 확인됐다. 통보한 시간에 단전을 단행했다. 출입기자단과 신사협정을 맺은 덕분에 몸싸움은 없었다. 단전 과정에 대한 언론 취재도 허용했다. 보도는 피차 나쁠 게 없으니 말이다.

취재진의 요구에 따라 출입기자 간사와 평소 그와 가깝게 지내던 공보총괄 박 중령 간의 언쟁이 연출됐다.

"(전기스위치를 끄면서) 출입기자 여러분, 나가주세요. 지금 전기를 끄겠습니다."

"아니 지금 뭐 하는 겁니까? 불을 왜 끕니까? 국방부가 이래도 되는 겁니까?"

잠시 약속된 고성이 오갔다. 취재진은 이어 기자들이 책상에 앉아 양초를 켜고 기사를 쓰는 모습을 카메라에 담았다. 곧바로 언론은 일제히 '국방부 기자실 폐쇄, 단전 조치' 제하의 보도를 내보냈다.

단전 다음 날 야당 국방위 국회의원들이 국방부 출입기자실을 방문했다. 다음 해 2월 출범하는 차기 정권을 창출한 정당의 의원들이었다. 그들은 국회 카메라 기자들을 대동하고 와서 국방부기자실 폐쇄와 단전 조치를 비난하며 원상복구를 요구했다. 정치가 정치를 낳고 있었다.

전날부터 퇴근을 안 하고 사무실에서 대기하던 나는 그날 밤 출입기자실을 한번 들어가 보았다. 출입문을 지키겠다고 큰소리친 기자는 술에 취한 채 출입문과 멀찍이 떨어진 의자에 널부러져 있었고, 대다수 기자들은 바닥에 신문이나 돗자리를 깔고 침낭에 들어가서는 세상 모르고 자고 있었다. 이들을 대상으로 기습작전을 하면 승리는 불을 보듯 뻔했다. 하지만 그런 일은 일어나지 않았다.

해외 출장을 갔던 국방부 장관이 귀국하고 새해가 밝으면서 출입기자실 폐쇄 문제는 흐지부지되었다. 대신 구 청사 브리핑룸은 폐쇄됐고 새 청사 브리핑룸은 확장됐다. 결국 기자실 폐쇄 소동은 권력 이양기에 벌어진 해프닝으로 끝나고 말았다.

외교안보 부처에게는 출입기자들과의 협력이 무엇보다 중요하다. 국가안보와 국익을 위해서 그렇다. 그래서 국방과 외교 당국은 언론과 좋은 관계를 유지하려고 애쓴다. 국방부는 수요일과 공휴일을 제외하고 매일 10시 30분에 정례 브리핑을 시행하고 있다. (10시에 하던 것을 내가 국방부 공보과장 재임 중 전략적 시간 판단에 따라 지금의 시간으로 조정했다.) 나양한 취재 현장 공개와 안보 현장 견학을 수시로 한다. 북한군 도발과 아군의 작전, 주요국방사업, 사건사고 등 주요 사안이 발생할 때마다 긴급 브리핑을 열고 이를 언론에 알린다.

일정 기간까지 보안이 요구되는 사안은 언론에 엠바고(embargo, 특정 시점까지 보도 유예)를 요청하여 관리한다. 이때 출입기자단 전체의 협조가 절대적이다. 2011년 1월 삼호 주얼리호가 아덴만 해역에서 소말리아 해적에게 피랍되었다. 당시 국방부와 합참은 '아덴만 여명작전'으로 명명된 구출 작전을 수행하면서 출입기자단에게 수시로 작전상황을 알렸다. 그러면서 작전종료 때까지 엠바고를 요청했고 기자단이 이에 적극 협조함으로써 작전이 성공할 수 있었다. 대표적인 성공 사례다. 이 외에도 국방부는 엠바고나 비보도(off the record) 전제하에 백브리핑(back briefing, 배경설명) 등 언론과 소통 활동을 수시로 하고 있다. 언론의 이해를 촉구하고 지원을 받기 위해서다.

국방부 출입기자들을 가장 심플하게 분류하면 두 종류다. 오랫동안 국방부를 출입하여 군사 식견과 인맥 등에서 월등한 군사전문기자, 길게는 1년 아니면 그 이하로 부처 출입을 순환하는 일반기자, 바로 그들이다.

전문기자는 붙박이고 일반기자는 1년 이내에 떠날 기자다. 군사전문기자는 국방부 출입만 20년 넘은 기자부터 타 부처에 갔다 돌아온 기자들까지 자타가 공인하는 베테랑들이다. 그래서 전문기자는 한두 마디만 들어도 기사 작성이 가능하고 일반기자는 자세한 설명이 필요하다. 이러한 차이는 언론에 국방 사안을 설명할 때 어느 정도 수준으로 해야 할지를 가늠하는 중요한 잣대가 된다.

군사전문기자는 국방부 입장에서 양날의 칼이다. 이들은 군사 식견과 자료, 인맥이 축적돼 있어 보도 방향을 주도한다. 웬만한 당국자는 그들 기사의 완성도를 높이는 취재 보조에 지나지 않는다. 이들의 이런 능력은 여론 관리에 득이 될 수도 반대일 수도 있다. 이 양날의 칼의 손잡이 쪽에 있을지, 아니면 칼끝 쪽에 있을지는 사실과 속도의 경쟁에서 누가 이기느냐와 관점을 누가 선점하느냐의 싸움에 달렸다. 그래서 나는 공보 관계자들에게 사실과 속도가 얼마나 중요한지를 강조해왔다. 사실에 관점을 더하여 여론을 관리하라고 했다. 사실이 공보 관계자를 우회하지 않고 기자의 기사 출고 속도를 늦추게 하는 데는 기자들과의 인간적 소통이 한몫한다. 삼각지 밤거리 불빛이 꺼지지 않는 이유 중 하나다.

삼각지는 개발제한구역으로 묶여서 아직도 60, 70년대 모습을 간직하고 있다. 낮은 지붕의 허름한 가성집과 40년은 족히 넘은 구식 간판을 단 가게들이 다닥다닥 붙어 있다. 개중에는 일본식 집도 눈에 띈다. 가게 유리창에는 세탁과 짜깁기, 음식 메뉴 등을 알리는 아무렇게나 쓴 투박한 글씨가 붙어 있다. 이 미닫이문을 옆으로 밀면 어김없이 드르륵 하고 소리가 난다. 그럴 때면 나도 모르게 "사장님, 아줌마, 우리 왔

"말아, 돌려, 원샷, 위하여!" 하며 와자지껄 떠들고 웃는 소리가
주위를 어지럽히고 마침내 불빛마저 빙글빙글 돌게 되는 소용돌이에 다다르면
"형님", "아우"를 부르며 서로의 어깨를 움켜쥐었다.

어요" 하고 소리를 지르게 된다.

점심시간이 되면 골목길은 사람들로 북적거린다. 백반집, 고등어구이집, 대구탕집, 국수집, 차돌박이된장찌개집, 부대찌개집, 짜장면집. 겉보기에는 가정집인 식당들의 올망졸망한 방에는 사람들이 가득가득 모여 앉아 있다. 싸고 맛있는 음식을 먹으려고 인근 군부대와 회사에서 몰려온 허기진 이들이다.

저녁이 되면 고깃집, 곱창집, 차돌박이집, 골목에 몰려 있는 대구탕집 쪽이 떠들썩해진다. 오랜만에 전방에서 찾아온 전우와의 만남, 옛 전우끼리의 모임, 퇴근길에 갑자기 발동이 걸린 번개모임이 거기서 벌어지는 탓이다. 그 한편에서 기자들과 시간을 참 많이 보냈다. "말아, 돌려, 원샷, 위하여!" 하며 와자지껄 떠들고 웃는 소리가 주위를 어지럽히고 마침내 불빛마저 빙글빙글 돌게 되는 소용돌이에 다다르면 "형님", "아우"를 부르며 서로의 어깨를 움켜쥐었다. 그런 자리는 싼 맥주집으로 이어지기 일쑤였다. 다음 날은 서로를 탓하며 해장국을 권했고, 서로의 입장이 다를 때는 언제 그랬냐는 듯 냉전과 설전을 벌이기도 했다.

시대가 바뀌면서 무지막지하게 술을 먹는 세대는 점점 뒷전으로 밀려나고 있다. 구식과 신식의 소통 방식이 공존하는 시대다. 나이 든 기자는 여전히 옛날의 소통 방식을 고집하고 그리워한다. 젊은 기자들은 고깃집, 횟집을 마다하는 건 아니지만 양식집, 피자집, 스파게티집도 좋아한다. 입가심 맥주 대신 팥빙수와 커피를 즐긴다. 얼마 전 기자들이 잘 가던 삼각지 대구탕 골목길에 있는 오래되고 허름한 맥주집 앞을 지나가는데 문이 굳게 닫혀 있는 게 아닌가. 뒷날 누군가에게 물으니 30년 넘게 그 자리를 지킨 주인이 이제 그만둘 때가 되었다며 떠났다고 한다. 서운한 생각 한편으로 소통 방식의 변화가 삼각지를 변화시키고 있다는 생각이 들었다.

돌아가는 삼각지. 나의 노래 18번지. 나의 많은 시간을 보낸 추억의 거리, 늘 다시 돌아가게 됐던 중독의 거리. 인터넷 시대, SNS 시대, 광속의 시대, 옛 시대와 작별하는 시대가 도래하면서 삼각지의 열정도 추억이 되어가고 있다.

돌아가는 삼각지, 거기서 보낸 많은 시간 속에 축적된 기억들은 나의 뇌 공간에서 늘 현재진행형이다. 그 어떤 시간과 공간도 그것을 밖으로 밀어낼 수 없게 되었다.

마음속으로는 아날로그 방식의 옛 사람과 추억들이 시대에 밀리지 않고 꿋꿋이 그 자리를 꼭 지켜주기를 바라고 있다. 세월을 거스르는 나만의 욕심일까?

나를 필요로 하는
곳으로 가라

2010

　　2009년 12월, 나는 국방부 공보과장 겸 부대변인 직책을 마치고 원주에 있는 1군사령부로 보직을 옮겼다. 이른 아침부터 밤늦은 시간까지 업무가 계속돼온 국방부 대변인실을 벗어나자 특이한 현상이 빌이졌다. 기자들로부터 전화가 일절 오지 않는다는 것이었다.

　한밤중, 새벽 2, 3시를 막론하고 시도 때도 없이 오던 전화가 딱 끊겼다. 주위 세상이 고요해졌다. 고로 행복했다. 그야말로 야전군에서 일어나는 일에만 전념하며 운동을 통해 몸을 추릴 절호의 기회가 온 것이다. 관사에서 50분 거리의 부대를 아침저녁으로 걸어 다니고 휴일이면 등산도 했다. 원주의 공기는 참 맑고 좋았다. 새해가 되면서 체력 측정에 대비해 부서원들과 열심히 뛰었다. 봄 체력 측정에서 특급을 받을 정도로 체력이 회복됐다.

군 생활 동안 언론 현장을 많이 담당해왔다. 소령 때는 육군본부 공보과에서 3년간 근무했고, 중령 때는 국방부 대변인실 공보과 총괄장교로 2년간 근무했다. 그 외에도 1996년 강릉무장공비 작전에는 공보책임 참모로 참가했고, 2005년부터 2006년까지는 이라크 파병을 나가 자이툰부대 공보참모로 활동했다. 2004년에는 육군장교로는 처음으로 미국 미주리대 저널리즘 스쿨에서 연수했다. 이런 경력 덕분에 2007년 12월부터 국방부 대변인실 공보과장의 임무를 수행하게 되었다.

2010년 3월 26일 밤, 방송에서 '백령도 인근 해군함정 파공으로 침몰 중'이라는 자막이 뜨면서 속보가 이어졌다. 다음 날 천안함 침몰 소식을 들었다. 온 나라가 이 사건으로 들끓었다. 국방부와 합참, 해군은 만신창이가 됐다. 육군은 군사대비태세는 강화하고 있었지만 상대적으로 조용했다. 나는 원주에서 그런 분위기에서 지냈다. 반면 서울에서는 천안함 사건에 대한 감사원 조사가 진행되었고, 관련자들 문책이 발표되었다. 그러면서 당시 합참의장 경질 소식과 함께 합참 공보실장 교체 소식이 들렸다. 나는 이미 국방부 공보과장도 마친 상태였고, 이동한 지도 얼마 되지 않아 후배 중 능력 있는 대령이 공보실장을 맡을 것으로 생각했다. 그러나 애기가 묘하게 돌아갔다. 병과 대령들이 합참 공보실장으로 가기를 꺼린다는 것이었다. 그도 그럴 것이 천안함으로 만신창이가 된 그 현장에 가서 언론의 예봉을 온몸으로 견뎌야 하는데 누가 선뜻 나서려 하겠는가.

그러던 6월 초경, 육군본부에 있는 선배에게서 전화가 왔다. "합참 공보실장을 누군가 맡아줘야 하는데 이 대령은 어떻게 생각하오?" 나를 후보의 한 사람으로 올리기 위해 내 의중을 타진하는 것이었다. 군 생활 중에 인사와 관련하여 금과옥조로 여겨온 말이 있다. '내가 가고 싶은 곳에 가기보다 나를 필요로 하는 곳으로 가라'는 것이다. 군 인사의 상식으로 보면 나는 새 보직을 받은 지 6개월도 안 된 데다 2년간 고뒤 언론 현장을 겪은 터라 대상으로 거론될 상황이 아니었다. 하지만 어쩌랴, 우리 군이 북한의 천안함 폭침이라는 엄청난 상황을 겪고 있는 상태이고 우리 병과의 누군가가 그 자리를 책임져야 할 순간인 것을.

나는 수화기에 대고 말했다. "병과 대령 인사는 육군과 병과장이 의견을 내어 그대로 하는 것이지, 제가 뭐라 말씀드릴 수 있겠습니까. 알아서 하시면 되시지요." 선배는 "알았소" 하며 다소 안심한 목소리로 전화를 끊었다. 그리고 얼마 되지 않아 나는 합참 공보실장으로 발령이 났다. 그 당시 많은 분들이 내가 적임자라는 의견을 냈다는 것은 나중에서야 들었다. 결국 나는 6개월 만에 고향 안흥도 가깝고 친인척과 친구들이 많이 살고 있어 내심 기대하고 갔던 원주 1야전군사령부를 떠나 국방부청사 합참 건물로 다시 불려왔다. 1군사 '통일 유치원'에 들어간 막내는 갓 사귄 친구들과 헤어졌고, 아내는 또 짐을 쌌다.

언론과 근접한 공간이 나의 시간과 삶의 방식을 다시 지배하기 시작했다.

시간과 공간,
공보와의 함수관계

2010

        합참공보실장을 맡던 시기에 나는 북한군의 연평도 포격 도발, 아덴만 여명작전, 북한의 장거리 미사일 도발, 김정일 사망, 북한군 귀순, 북한군 총격 도발 등의 굵직한 사건을 겪었다. 육군정훈공보실장 때는 임 병장 총기 사건, 윤 일병 폭행사망 사건이 벌어졌다. 사건이 발생할 때마다 국민의 불안감이 높아졌고 군의 신뢰가 떨어졌다. 국민의 군대가 흔들렸다.

    군에서 사건사고가 발생하면 군에 대한 비난이 급등하고 신뢰가 급락한다. 국민의 생명과 재산을 지켜야 할 군대에 대한 기대가 크면 클수록, 군대에 자식을 보낸 부모일수록 실망감과 불안감은 상대적으로 더 크기 마련이다.

공보관계관들은 이런 상황에 닥치면 힘이 쭉 빠진다. 군에 대한 신뢰를 높이려 애쓴 그간의 공든 탑이 폭삭 주저앉는 느낌을 받기 때문이다. 하지만 막상 이런 상황이 닥치면 좌절을 느낄 새도 없다. 그런 때일수록 누구보다 가장 바삐 움직여야 하는 게 공보이니 말이다.

각종 대책회의에 참석하고, 사고 현장에 출동하고, 사실을 확인하기 위해 관련 부대(부서)와 긴밀히 협력한다. 핵심 메시지를 정하고, 그에 맞춰 보도자료를 쓰고, 예상질의를 만들어 관련 부서와 함께 답변 자료를 작성한다. 언론에 설명할 최적의 브리퍼와 배석자를 선정하고, 모의기자단을 구성해 사전 리허설을 주도한다. 출입기자단과 협조해 브리핑 시간과 장소를 정한다. 브리핑 간에는 브리퍼와 배석자가 실수하지 않도록 사전 약속된 신호에 따라 그들의 답변 여부와 수위를 조절한다. 메시지가 정해진 통로를 벗어나지 않고 제 방향으로 제대로 흐르게 하기 위해서다. 언론 설명이 끝나면 언론보도를 실시간 모니터하고 추가적으로 관리해야 할 메시지가 있는지, 바로잡아야 할 보도는 없는지 확인하고 조치한다.

사건사고 등 위기 발생 시 그 발생 공간은 공보에게 중요한 함의를 갖는다. 통제 가능한 공간이면 시간은 일시적으로 당국 편에 있다. 하지만 언론에 공개되는 순간 시간은 당국의 손을 떠난다. 그들의 시간에 맞춰 그들의 네트워크가 가동되어 생산된 생산물들이 그들의 플랫폼을 거쳐 퍼져나가 사람들의 생각 공간을 지배하기 시작한다.

발생 공간이 누구나 접근 가능한 열린 공간이면 공보에게 허용되는 시간은 제로에 가깝다. 이 상황에서 공보 당국자의 첫 대답은 고작 "확인해보겠다"가 전부다. 언론은 결코 그런 공보 관계자의 말을 믿고 기다리지 않는다. 자기가 알고 있는 취재 가능한 모든 접촉점(contact point)과 연결을 시도한다. 한밤중이든 새벽이든 상관치 않는다. 이 과정에서 공보도 알지 못하는 사실들이 언론에 먼저 흘러 들어간다. 사태가 이 지경이 되면 공보 관계자는 언론의 질문을 통해 사실을 인지하고 이를 당국에 전하는 입장에 처하게 된다. 언론이 도리어 중요한 소스가 된다. 아이러니하게도 이런 일이 종종 일어난다. 언론은 지구적, 전국적, 다층적 취재원을 풀가동하여 정보를 끌어모으기 때문이다.

위기 시 가장 핫한 공간은 바로 현장이다. 현장을 카메라에 담으려는 영상, 사진기자와 르포 기사를 쓰려는 취재기자들이 몰려든다. 현지주재기자, 지역기자, 급파된 기자들이다. 현장은 가장 자극적인 영상과 가장 높은 목소리 톤이 융합되어 가장 극적인 스토리를 만드는 원천이 된다. 현장은 있는 그대로이기보다는 그걸 보는 사람들이 만들어낸 얘기로 다시 태어난다. 현장의 재탄생, 결국 이것이 사람들의 눈과 귀를 파고든다.

또 다른 핫한 데가 출입처와 정보가 모이고 생산되는 곳, 그와 관계된 사람들이다. 관련 부처 대변인실, 공보실, 해당 부서가 주요 취재 대상이 된다. 정보가 모이는 상황실, 사건을 담당하는 수사 기관, 그 정보가 유통되는 보고라인상에 있는 인사, 그 정보와 과거 접촉이 있었거나 지금 접촉이 일어나고 있는 장소와 관계자들이다.

병원, 소방서, 경찰서, 수사 기관, 유가족, 관련 부대(부서)의 동료나 관계자들, 그리고 언론과 공생관계에 있는 관계자들. 위기의 발단과 경위, 배경, 주요 조치, 당부 사항, 당국에 대한 불평불만과 요구 등이 그들의 입을 통해 언론에 은밀히 또는 결사적으로 전달된다.

그래서 공보는 시간과 공간, 인적, 물적 네트워크에 주목하지 않을 수 없다. 나의 공보원칙은 이런 것에 주목한 생각의 결과물이다.

사실, 속도, 소통

2010

　　천안함 폭침 사건 이후 국방부와 합참, 국방부 출입기자실은 어수선했다. 합참의장과 작전 관계자 등 많은 군인들이 책임을 지고 자리에서 물러났다. 한바탕 여론전쟁을 치른 합참 공보실도 새로운 변화의 바람이 요구되고 있었다.

　　이런 와중에 원주 근무를 청산하고 다시 삼각지로 가야 한다고 생각하니 갑갑했다. 하지만 어쩌랴. 군인은 명령에 죽고 명령에 살아야 하는 것을. 그러면서 고민이 깊어졌다. 군령 최고 부대인 합동참모본부 공보실장으로서 나는 어떻게 근무해야 하나? 시대가 요구하는 군 공보를 어떻게 다시 세울 수 있을까? 치악산을 바라보며 상념에 잠기기를 여러 차례. 시간과 공간에 대한 사색 끝에 마침내 결론을 냈다.

'사실(Fact), 속도(Speed), 소통(Communication). 이 세 가지 키워드를 가지고 가자.'

행정관 길 원사에게 세 가지 키워드를 플래카드에 새겨 오도록 했다. 나는 그 플래카드를 가지고 2010년 6월 말 삼각지로 돌아왔다. 삼각지를 떠난 지 6개월 만이었다. 내가 좋아하는 노래 배호의 〈돌아가는 삼각지〉 바로 그 무대로 다시 들어선 것이다. 신고를 마친 나는 플래카드를 공보실장 사무실에 거는 것을 시작으로 임무를 개시했다.

'사실'은 공간의 문제다. 뉴스의 본질이다. 기자들은 이걸 찾아 보도하는 것을 직업으로 삼은 사람들이다. 여기에 목숨을 건다. 특종이 될 수도 낙종이 될 수도 있다. 오보로 인해 대형 명예훼손에 걸리면 패가망신할 수도 있다. 이러니 촉각을 다투는 취재 경쟁 속에서 사실 확인은 기자들이 갈망하는 숨 가쁘고 피를 말리는 사막의 오아시스 같은 것이다. 이런 사실을 향해 무차별적으로 돌진하는 기자들을 상대해야 하는 자가 공보장교다.

그런데 천안함 폭침 당시 언론을 상대하는 공보장교의 무기인 사실이 공보 부서에 잘 전달되지 않았다. 불확실한 현장 상황, 보고 지연, 보안 등이 이유로 꼽히지만 기본적으로 합참에는 언론에 빨리 사실을 알려야 한다는 마인드가 형성되어 있지 않았다. 군의 언론에 대한 오픈 마인드가 많이 좋아지고 있기는 하지만 사람이 바뀌면 다시 그 자리인 경우가 종종 있다. 그래서 사실을 어떻게 빠른 시간에 확보하고 이를 적시에 언론에 설명하여 언론 의제를 선점해갈 것인가 하는 문제는 공보실장으로 있던 내내 나의 핵심 과업이자 도전 과제가 되었다.

'속도'는 시간의 문제다. 국방부 출입기자실에 가면 여러 종류의 기자들이 있다. 당장 생방송을 물려야 하는 방송기자들은 와이셔츠에 넥타이를 매고 있는가 하면, 삼각지 모처에서 폭탄주로 밤을 샌 기자들은 헝클어진 머리에 아직 술이 덜 깬 얼굴로 공보장교를 대한다. 풍겨오는 술 냄새에서 그들이 간밤에 치른 전투의 치열함과 내상 정도를 가늠한다. 그건 해장국을 권유해야 할 징후이며 누구와 왜 그런 무모한 전투를 벌였는지를 알아내야 하는 사명감을 자극하는 방향제 같은 것이기도 하다.

패잔병 같은 그들은 대형 사건이 발생하면 180도로 돌변한다. 노트북 컴퓨터를 열고 술이 덜 깬 퀭한 눈으로 손가락이 안 보일 정도로 자판을 두들겨댄다. 경쟁에서 살아남기 위한 몸부림처럼 보이기도 한다. 그런 그들의 손가락을 타고 긴급 속보, 1보, 2보 뉴스가 대한민국을 넘어 전 세계로 퍼져나간다. 언론의 속도전쟁. 그건 그들만의 리그가 아니다. 경쟁사에 기사 선도를 뺏긴 소위 물먹은 기자들의 좌절과 분노를 아는가? 그건 또 다른 전쟁의 전운과도 같다.

공보장교는 이런 언론의 절박한 속도경쟁 속에서 일어나는 갖가지 마찰을 견디며 살아간다. 그리고 언론보다 반 발자국이라도 앞서기 위해 머리를 굴리고 있다. 언론보다 늦으면 언론이 선점한 어젠다와 프레임에 갇혀, 또 다른 새로운 사실로 리드하지 않는 한 그 틀을 좀체 벗어날 수 없다. 그 바닥이 원래 그렇다. 그래서 속도는 언론에게나 공보장교에게 있어 절대적이고도 숭고한 가치다.

나는 공보실장으로서 언론에 최초 설명을 30분 내로 하겠다는 원칙을 세웠다. 그 정도는 언론이 기다려줄 수 있는 시간이라고 보았다. 연평도 포격 도발 당시 최초 브리핑을 13분 만에 했다. 그전에 비하면 아주 빨랐다. 하지만 기자들은 설명이 늦었다고 불평했다. 언론 설명은 빠르면 빠를수록 좋지만 30분 내에 하기에는 물리적으로 제한되는 면이 많다. 공보장교는 가장 빠른 속도로 언론에 설명할 수 있는 방안을 늘 고민해야 한다. 그것이 언론 의제를 선점할 수 있는 방법이요 투명한 국민의 군대가 될 수 있는 길이기 때문이다.

'소통'은 시간과 공간의 융합이다. 관계의 문제다. 사실은 적시에 정확히 언론에 설명되어야 한다. 그래야 오보가 없고 노력을 낭비하지 않게 된다. 그러나 쉽지가 않다. 언론과의 소통은 브리핑룸이나 기자실에서 하는 공식 소통 외에도 여러 형태의 소통을 병행해야 한다. 매일 아침 일찍 출근하는 기자들과 아침식사를 하며 밤새 있었던 언론의 분위기를 파악하고 미리 언론의 의견을 들어야 할 사안들을 그 자리에서 듣고는 했다. 야간에는 식사를 겸한 술자리를 통해 그들과의 라포(rapport, 유대감)를 형성하고 소통의 기반을 마련하고자 했다. 기자들도 사람이기 때문에 그런 인간적 소통을 해야만 서로 이해하고 협조하게 된다.

내가 공보실장으로 부임하고 보름 정도 지난 후에 한민구 합참의장이 취임했다. 세 가지 키워드를 중심으로 5매 분량의 업무보고를 만들어 보고드렸다. 매우 마음에 든다는 메모를 적어주셨다. 한 의장님은 재임 기간 내내 공보실장인 내게 많은 배려를 해주셨다. 언론에 대한 이해가 높았던 한 의장님은 공보실장은 모든 것을 알아야 한다며 중요한 이야기가 오가는 본부장급(중장, 소장) 오찬 자리에 내 좌석을 만들도록 했다. 어떤 경우는 직접 전화를 걸어 설명해주시기도 했다. 공보실장의 사실무장을 직접 챙기신 것이다. 언론 문제에 대한 나의 충언을 항상 경청하며 승인해주셨고 언제 어떤 상황에서도 내 전화를 꼭 받았다. 대령 참모인 내게 늘 힘을 실어주기 위해 애쓰셨다.

공보관계관의 사실무장(armed with fact)은 여론전선(frontline of pubic opinion)에서 살아남는 유일한 무기다. 자신을 지키고 그 이상을 지키기 위한⋯⋯.

언론에
사실 말하기

2010

언론을 대할 때 거짓말을 해서는 안 된다. 정직해야 한다. 신뢰를 잃으면 더 이상 언론 앞에 설 수 없다. 모두 옳은 말이다. 그러면 내가 알고 있는 것을 모두 말해야 하는가? 과연 그런가? 아니다. 사실을 말하지 않는다면 '결국 거짓말이 되는 것 아닌가, 정직하지 못한 것 아닌가, 신뢰가 떨어지는 것 아닌가?' 하는 질문이 되돌아온다. 그에 대한 대답은 무엇일까?

합참공보실장으로 내정된 후 나는 언론 앞에서 어떻게 얘기해야 할까를 고민했다. 오래된 노트를 꺼내 상황별로 답변을 적어봤다. 그것이 이후 나의 언론과 말하기의 기본이 됐다. 그중 제일이 '언론에 사실을 어디까지 어떻게 얘기하느냐?'였다. 그전까지 언론 문의에 대한 합참의 공식 답변은 '확인해줄 수 없다'로 일관되었다. '맞다'는 소리인지 '아니다'라는 소리인지 알 수 없는 대답이었다. 기자들이 오보를 쓰든 사실을 쓰든 그건 기자의 몫이라는 생각, 군사보안 사항이니 얘기해줄 수 없다는 군사적 입장에 매몰되어 있었다. 군사보안을 지킨다는 면, 책임을 지는 일을 만들지 않겠다는 면에서 보면 그것도 살아남는 한 방법이다.

국방부 공보과장 시절 그런 합참의 입장이 참으로 답답했다. 부대의 대언론 공식창구인 공보의 임무와 역할은 군에 대한 여론 관리이기 때문이다. 여론이 어찌 되든 내가 책임질 일이 발생되지 않으면 된다는 소극적 생각으로 어찌 언론의 신뢰를 받고 여론을 관리할 수 있겠는가.

내가 생각하는 언론에 사실 말하기의 제1원칙은 '최대한 말하기'다. 말을 많이 해야 한다는 소리가 아니라 육하원칙에 의거해 군더더기 없이 간명하되 빠짐없이 말하는 것이다. 육하원칙 중 확인하지 못했거나 말할 수 없는 부분이 있을 수 있다. 그건 얘기하지 않아도 된다. 아니 절대 얘기해서는 안 된다. 기자는 군이 얘기해줄 수 없는 부분이 있다는 것을 이

해한다. 기자는 한마디만 듣고도 기사를 쓸 수 있는 능력을 가지고 있다. 대신 때를 놓치면 안 된다. 가장 빠르게, 적시에 얘기하는 것이 중요하다.

자, 그러면 무엇을 얘기해서는 안 되는가? 바로 국익과 인권보호와 관련된 사안이다. 국가안보에 치명적인 내용, 적을 이롭게 하는 내용, 주변국 등 외국과 문제를 야기할 소지가 있는 국익과 관련된 내용, 관계자의 인권과 명예를 훼손할 수 있는 내용은 얘기하면 안 된다.

2013년 1월, 우리 삼호 주얼리호가 아덴만 지역에서 소말리아 해적에게 납치되었을 때, 우리 군이 아덴만 여명작전을 기획하고 있었다. 당시 언론과 국민은 군의 구출 작전에 초미의 관심을 보였다. 그때 합참과 국방부는 선원들의 생사가 달린 사안이라는 점을 들어 언론에 작전 종료 때까지 엠바고를 요청했고 언론은 이에 협조했다. 엄밀히 보면 사실을 말하지 않았다기보다는 사실을 지속적으로 얘기해주고 보도 시점을 유예한 것이다. 아무튼 언론의 협조로 아덴만 여명작전은 성공적으로 끝날 수 있었다.

언론에 말하기 곤란한 사안은 대략 세 가지 방향으로 얘기할 수 있다. 첫 번째, 군사보안 사항이라 말할 수 없거나 전략적 모호성을 유지해야 한다면 '그 사안은 확인해줄 수 없다'

내가 생각하는 언론에 사실 말하기의 제1원칙은 '최대한 말하기'다.
말을 많이 해야 한다는 소리가 아니라 육하원칙에 의거해
군더더기 없이 간명하되 빠짐없이 말하는 것이다.

고 말하는 것이다. 그것이 사실일 수도 아닐 수도 있도록 관리해야 한다. 그러면 언론 보도가 양쪽으로 갈릴 수 있다. 그것이 전략적으로 이익이라면 그렇게 해야 한다. 두 번째, '그러한 정보를 우리는 갖고 있지 않다'고 말하는 것이다. 그러면 기자들은 알아듣는다. 사실이 아니라고 인식한다. 세 번째, '제가 말씀드릴 사안이 아니다', '그 사안의 경우는 제가 말씀드릴 위치에 있지 않다'고 답변하는 것이다. 모든 문제에 대해 언론에 답변할 필요는 없다. 기자들은 더 이상 묻지 않는다. 기자들은 아주 간명한 답변으로도 사실을 유추할 수 있다면 충분히 기사를 쓸 수 있다. 그렇게 여론을 관리해야 한다.

기자들이 이쪽 방향으로 가야 하는데 엉뚱한 방향으로 가고 있으면 국익과 인권보호에 어긋나지 않는 이상 바로잡아 주어야 한다. 그게 공보장교의 임무와 역할이다. 그렇지만 아주 정교하고 신중해야 한다. 잘못하면 곤란한 지경에 빠질 수 있다. 과유불급, 넘침은 모자람만 못하기 때문이다. 그래서 공보장교는 늘 칼날 위에 서 있는 위치라고 얘기해왔다. 시간은 촉박하고 공간은 비좁을 대로 비좁아 기회를 만들어내고 그걸 선택하는 게 도전적일 때가 많기 때문이다.

●

상황을
리드하다

'한미연례안보협의회의(ROK-US Security Consultative Meeting, SCM)'는 한미 양국의 주요군사정책 협의 조정 기구다. 국방장관 수준에서 주요 안보문제를 협의하고 해결하기 위해 양국에서 번갈아가며 연례적으로 개최하고 있다.

SCM은 한미 양국의 안보문제 전반에 관한 정책협의, 동북 아시아와 한반도의 군사적 위협평가 및 공동대책수립, 양국 간의 긴밀한 군사협력을 위한 의사조정 및 전달, 한·미연합방 위력의 효율적 건설 및 운영 방법 토의 등의 기능을 수행한다.

양국 국방장관 회담이 중심이 된 본회의와 이를 보좌하기 위한 정책검토위(PRS)와 안보협력위(SCC), 군수협력위(LCC), 방산·기술협력위(DTICC), 공동성명위(JCC) 등 5개 실무분과위원회로 구성돼 있다. 이들 분과위원회는 SCM 개최 이전부터 모임을 갖고 의제 선정 및 협상 방향을 상호 점검하는 역할을 수행하고 있다.

국방부 공보과장 시절인 2008년 10월 미국 워싱턴에서 개최된 제40차 SCM 취재 지원을 위해 국방부 출입기자 10여 명을 대동하고 출국했다. 2003년 공보총괄장교로 공보과장을 수행하여 한미국방장관 회담 취재 지원을 위한 첫 미국 방문 후 두 번째 펜타곤 방문이었다. 이듬해 2009년에는 싱가포르에서 매년 개최되는 다자안보대화에 참여했다.

2008년 SCM을 마치고 17개항으로 된 공동성명이 미국 펜타곤 브리핑룸에서 발표됐다. 그해 4월 한미정상회담이 열린 이후여서 기자들의 관심이 높았다. 하지만 막상 공동성명을 받아 든 기자들은 기사 제목으로 뽑을 만한 것이 없다는 눈치였다. 그래서 기자들은 양국 국방장관 공동브리핑 간에 기사가 될 만한 것을 건질 요량으로 이런저런 질문을 해댔다. 도중 어느 기자가 북한 김정일이 오랫동안 공식석상에 모습을 드러내지 않는 것에 대해 물었다. 그 답변 과정에서 "(북한 김정일이 자신에 대해 관심을 갖는) 이런 상황을 즐기고 있는지도 모른다"는 말이 나왔다. 기자들이 좋아하는 소위 '섹시한 워딩(wording)'이 나온 것이다.

기자들은 이걸 기사 제목으로 뽑으려 했다. 만약 이런 제목으로 나가면 SCM의 주요 어젠다가 아닌 북한에 대한 가십성 기사가 될 가능성이 높았다. 나는 급히 장관을 수행하던 대변인과 상의하여 대동한 기자들에게 기사 제목을 그렇게 달지 말아줄 것을 공식적으로 요청했다.

우여곡절 끝에 대동한 국방부 출입기자와 워싱턴 특파원들이 협조를 해줬다. 마침 나의 미주리 연수를 도운 방송기자가 워싱턴 특파원이어서 도움이 컸다. 보도 방향을 리드하는 통신 쪽은 오랫동안 알고 지내던 국방부 출입기자가 워싱턴 특파원에게 이해를 구했다. 대신 '미국이 유사시 증원전력을 신속히 한반도에 전개한다'는 제목으로 기사가 나가도록 했다. 사실 공동성명 문안에 이 부분은 아주 간단히 언급되어 있던 내용이다. 정상회담 관련 외교 기사를 재탕할 수 없는 국방부 출입기자 입장에서는 이 내용이 최적이었던 것이다.

싱가포르 샹그릴라 안보대화에는 SCM보다 적은 5명의 기자들이 함께 갔다. 그만큼 기사가 될 만한 게 없다는 의미였다. 하지만 장관을 수행한 공보과장으로서는 보도가 많이 되도록 해야 했다. 그래서 사전 준비를 많이 했다. 실무자로 하여금 한국외신기자클럽과 현지 무관을 통해 싱가포르 주재 외신기자 명단과 전화번호, 이메일 주소를 확보하도록 했다. 그들에게 사전보도자료를 이메일로 보내고, 한국국방장관 기자회견 일정도 공지했다. 현장 프레스룸에 우리 기자들 자리를 확보하고, 장관 기자회견을 위한 현지 공간을 협조했다. 기자들에게 미리 연락한 덕분인지 외신들이 크게 관심을 가지고 취재했다. 기자회견에도 많은 기자들이 참석했다. 덕분에 보도도 많이 됐다. 귀국 후 장관실에서는 보도 협조가 아주 잘됐다면서 내게 국방부장관 표창을 줬다.

해외취재 지원은 출입기자를 대동하고 현지로 가서 보도하게 하는 방법과 공보요원만 현지에 가서 현지 기자를 통해 보도하도록 하는 방법이 있다. 위의 두 사례는 기자를 대동하고 현지 특파원과 외신도 활용한 것이다.

2003년 한미국방장관 회담은 기자 없이 공보과장과 실무자인 나, 이렇게 둘만 워싱턴으로 가 특파원을 대상으로 취재지원을 했다. 그때 미국 국방무관과 실무자, 미국 대사관 직원의 협조가 큰 도움이 됐다.

이런 해외취재 경험은 합참공보실장 시절 아덴만 여명작전 후속조치를 위해 오만으로 날아가 공보조치를 하는 데도, 우리 군의 해외파병 현지취재 간에도 큰 도움이 됐다.

2009년 제41차 SCM은 서울에서 열렸다. 우리 국방부 브리핑룸에서 공동성명이 발표됐다. 북한은 그해 4월 5일 함경북도 무수단리에서 장거리미사일을 발사했다. 5월 25일에는 2차 핵실험을 했다. 북한 핵문제가 이슈로 떠올랐다.

SCM을 앞두고 정책기획관(소장 권오성. 이후 육군참모총장 역임) 주관 협조회의가 열렸다. 그 자리에서 나는 북핵문제가 주요 이슈이기 때문에 미국의 핵확장억제 보장이 SCM 공동성명 문안에 들어가야 언론 어젠다를 리드할 수 있다고 주장했다.

내 주장을 받아들였는지 몰라도 그 문구가 공동성명에 들어갔다. 그러나 문제가 발생했다. SCM 당일 정오가 다 되어가는데도 회의가 계속되었다. 통신과 석간, 방송들이 정오뉴스에 SCM 결과 보도를 위한 스탠바이를 하고 있는 상황이었다. 어디 한 매체에서 일보(첫 보도)가 나가면 모든 언론이 그 방향으로 따라가기 직전이었다.

회의 종료를 기다리던 나는 관련 부서로 뛰어갔다. 모두 회의에 들어가 있고 실무자만 혼자 남아 있었다. 그에게 공동성명 초안을 달라고 했다. 그러나 그는 아직 확정되지 않아 줄 수 없다고 버텼다. 그의 입장에서는 당연했다. 실랑이를 할 시간이 없었다. "좋다. 그러면 나한테 보여주기만 하라"고

요구했다. 그가 내민 공동성명전문 초안을 순식간에 읽었다. '미국의 핵 확장 억제 보장 재확인' 부분이 들어 있었다. 기자를 내 방으로 불렀다. '미국의 핵 확장 억제 보장 재확인'이 기사 제목이라고 알려줬다. 그리고 SCM이 끝나자마자 최종 문안을 보고 내가 다시 확인(confirm)할 때까지 기사를 내보내지 말도록 당부했다. 기자들은 내 말대로 했다. 얼마 되지 않아 SCM이 끝났다. 양국 장관의 공동성명이 발표되면서 일보가 나갔다. 보도는 우리가 원하는 방향이었다.

그때 여론을 관리해야 하는 공보과장으로서 회의 종료를 기다리며 아무것도 하지 않고 있었다면 어떻게 되었을까? 그건 알 수 없다. 하지만 우리의 논리가 아니라 누군가에 의해 만들어진 논리와 상황이 우리를 지배했을 가능성이 높다. 움직일 수 없는 사실은 아무것도 안 한 것이 더 좋은 결과를 가져오지는 못했을 것이라는 점이다.

국방공보는 정책적, 전략적 마인드와 상황을 정확히 판단하고 과감히 시행하는 공보 감각이 요구되는 국방 실용의 한 분야다. '지식이 관념에 머물지 아니하고 유용한 결과를 가져오게 하는 것.' 바로 그것이다.

● 점의 문제를
선의 문제로 풀다

2012

'점의 문제를 선의 문제로 푼다.'

이 무슨 뚱딴지같은 소리일까. 사실에 관점을 더한 얘기 한 토막을 하려는 것이다.

사실을 사실대로 얘기하는 것이 공보의 대원칙이다. 언론과의 소통에서 사실의 배열과 관점은 기사의 방향에 결정적역할을 한다. 이 때문에 언론에 설명해야 할 사안, 특히 언론에 말하기 곤란한 사안이 발생했을 때 공보 관계자는 늘 고민하게 된다.

2012년 9월, 강화 교동도에서 황당한 일이 벌어졌다. 술에 취한 사람이 자신이 북한을 탈출한 탈북자라고 주장해 주민 신고로 경찰에 체포된 사건이다. 합동신문 결과, 탈북자임이 확인됐다. 그는 평안남도 내륙 지방에 있는 집에서 아버지와 말다툼하고 가출하여 자신이 군복무를 했던 교동도 북측까지 와 북한 철책을 넘었다.

북측 강안에서 하룻밤을 보낸 그는 자정쯤 때마침 홍수로 강물에 떠내려가는 통나무를 발견하고 물에 뛰어들어 잡아 한강을 헤엄쳐 건넜다. 호우로 유실되어 임시로 돌로 막아놓은 우리 철책의 하단을 발견하고 그것을 들치고 통과했다. 남쪽에 들어와서 더 이상 어찌할 줄 모른 그는 민가에서 먹을 것을 훔쳐 먹으며 숨어 지냈던 것이다.

탈북자가 통과한 군 철책 하단의 구멍에 기자들의 관심이 집중될 게 뻔했다. 즉 점의 문제로 인식할 것이라는 뜻이다. 나는 이 문제를 선의 문제로 풀기로 했다. 기자들이 선에 관심을 갖도록 하는 것이다. 정승조 합참의상님께 신의 문제로 풀겠다고 보고하여 승인받고, 정보부서와 협의했다. 보안에 위배되지 않는 범위에서 북한에서의 이동 과정을 설명 내용에 포함하기로 했다.

"탈북자는 200여 킬로미터 북쪽인 평안남도에서 출발했다. 북한에서 버스를 타거나 걸어서 이동했다. 이 과정에서 검문

검색을 받지 않았다. 마지막으로 자신이 복무한 군부대 지역으로 들어올 때는 물막이 공사 인부라고 속이고 들어왔다."
이어 남측에서의 행적을 설명했다. 우리 군의 경계소홀에 대해 유감을 표하고 조사가 되는 대로 엄중 문책할 것임을 강조했다. 예상대로 기자들은 우리의 철책 하단 구멍보다 200킬로미터 선상에서 벌어진 일에 주목했다. 기사는 일반적이었고 우리의 경계실패가 대대적으로 보도되지 않았다.

여기서 꼭 염두에 두어야 할 것이 있다. 사실에 관점을 더하여 여론을 관리하는 것은 매우 중요한 일이기는 하다. 하지만 관점이 지나치면 사실이 왜곡될 수 있다. 절대 안 될 일이다. 최선은 정직이다. 관점이 사실을 비틀거나 핵심을 가리면 머지않아 신뢰가 땅에 떨어진다. 설 땅이 좁아진다. 조심하고 조심해야 할 부분이다.

점의 문제를 무조건 선의 문제로 풀어보겠다고 덤벼들면 안 되는 이유다.

●

사실을 이기는 것은
사실밖에 없다

2010

언론을 대할 때 거짓말해서는 안 된다. 수없이 듣는 말이다. 만약 거짓말하려 한 것이 아닌데 결과적으로 거짓말이 되었다면 최대한 빠른 시간 안에 바로잡아야 한다. 그러지 않으면 결국 거짓말이 되고 만다.

주춤거리다가 바로잡지 않은 사실이 알려지면 그 파장은 끝을 알 수 없게 된다. 공보의 생명인 신뢰도 무참히 무너진다. 그래서 나는 '거짓말하지 않는다'를 언론을 대하는 제1원칙으로 삼아왔다.

2010년 8월 9일. 2박 3일의 여름휴가를 출발했다. 목적지는 서해안 안면도. 40년 지기 친구가 같이 여름휴가를 보내려고 콘도를 예약한 곳이었다. 사실 여름휴가를 망설였다. 합참에 온 지 얼마 되지 않아서다. 하지만 당시는 여름휴가를 가야 한다는 반강제적 분위기였고 공보실 식구들도 내가 가야 갈 수 있는 분위기인지라 이왕지사 즐겁게 다녀오기로 했다.

휴가철이 늘 그렇듯 길이 많이 막혔다. 오후 4시 넘어서 안면도에 도착했다. 콘도에 짐을 풀고 막내와 바다에 들어가 1시간 정도 신나게 물놀이를 했다. 그러고는 친구 부부와 저녁을 먹기로 하고 식당에 앉았다. 저녁 7시경. 친구가 따라준 소주잔을 상에 놓고 젓가락으로 회 한 점을 막 집으려는 순간, 휴대폰이 울렸다. 노 중령이었다.

"실장님, 아무래도 들어오셔야 할 것 같습니다. 북한 놈들이 백령도 북방 해상에 포를 쐈습니다. 몇 발이 NLL을 넘은 듯합니다."

"그래? 알았다."

친구에게 미안하다는 인사만 남기고 바로 안면도를 떠났다.

아내와 막내를 차에 태우고 안면도를 빠져나와 국도를 달리는데 담당 부장(해군 소장)이 전화를 해 왔다. 차를 옆에 세우고 받았다.

"공보실장, 북한 포탄 떨어진 게 NLL을 넘지 않았는데 통

신에 넘었다고 나왔어. 기자한테 얘기해서 기사를 정정해줘
야겠어."

"아, 그래요. 알았습니다."

통신사 국방부 출입기자에게 전화했다.

"김 차장, 북한 포탄 떨어진 거 NLL 안 넘었대. 기사 수정
좀 해주시오."

"아, 그래요. 알았어요."

기사가 수정되었다. 뉴스 공급사인 통신사 정정기사가 전
언론사와 해외로 송고됐다.

밤길을 열심히 달려 서울로 돌아왔다. 다음 날 새벽, 몇몇
신문이 북한이 백령도 NLL 해상 남쪽으로 포사격 도발을 했
다고 보도했다. 작전 쪽에 사실관계를 확인했다. 해상이라 명
확하지는 않지만 10여 발 중 몇 발이 NLL 남쪽에 떨어졌다
는 것이다. 초병들이 물기둥을 보았다는 보고도 있었다. 그러
면 왜 어제 남쪽에 떨어지지 않은 깃으로 수정해달리고 요청
했냐고 물었다. 해상이라 불명확했기 때문이라는 답변이 돌
아왔다. 출근하시는 의장님께 사실관계를 보고드리고 정정
브리핑을 해야 한다고 건의드렸다. 의장님은 바로 그러자고
하셨다. 누구를 브리퍼로 할 것인가를 물으셨다. 어제 브리핑
했던 담당 부장이 직접 정정해야 한다고 말씀드렸다.

저녁 7시경. 친구가 따라준 소주잔을 상에 놓고
젓가락으로 회 한 점을 막 집으려는 순간, 휴대폰이 울렸다. 노 중령이었다.
"실장님, 아무래도 들어오셔야 할 것 같습니다.
북한 놈들이 백령도 북방 해상에 포를 쐈습니다.
몇 발이 NLL을 넘은 듯합니다."

담당 부장과 같이 국방부 출입기자실로 갔다. 왼쪽에 담당 부장을 앉히고 마이크를 잡았다.

"합참 공보실장입니다. 어제 북한군이 백령도 북방 해상으로 해안포 10여 발을 쏘는 도발을 했습니다. 담당 부장이 포탄낙하지점과 관련하여 사실관계를 정정하는 브리핑을 하겠습니다." 마이크를 넘겼다. 담당 부장은 "일부 포탄이 NLL을 넘은 남쪽 해상에 떨어졌습니다"라고 정정했다. 그러자 기자들이 벌떼처럼 달려들기 시작했다. "아니, 어제 왜 사실대로 얘기 안 했습니까?" "은폐한 의도가 뭡니까?" "남쪽으로 넘어왔으면 대응사격은 어떻게 했습니까?" 소위 물먹은 기자들이 소리를 쳤다.

"취재가 됐는데도 아니라고 하니 기사를 바꿔준 거 아닙니까?" 억울한 기자들이 내심 알고 있었다는 뉘앙스를 풍기며 섭섭한 감정을 드러냈다. 그들의 격앙된 목소리가 뒤엉키자 기자실은 일순 아수라장이 됐다. 옆에 앉은 담당 부장의 다리가 떨리고 있었다. 그러나 기자들도 어쩌랴, 사실을 정정한다는데.

해프닝은 그렇게 한바탕 소동을 겪고 넘어갔다. 나중에 확인했지만 당시 최초 상황판에 뜬 보고서에는 NLL을 넘었다고 되어 있었다. 그런데 누군가가 보고서를 정리하는 과정에서 해상에 선이 그어진 것도 아니고 불명확하니 그렇게 하자 하여 그리 된 것이라 한다. 그러고 보면 노 중령이 나한테 최초 보고한 내용이 옳았다. 그걸 재차 확인했어야 했는데 담당 부장의 전화만 믿고 기사를 정정한 내가 경솔했다. 결과적으로 오보를 한 김 차장에게도 미안하게 됐다. 공보업무를 하다 보면 이런 경우가 가끔 생긴다. 자신의 이익, 부대 이익에 매몰되면 더 많아질 수 있다. 조심해야 할 함정이다.

사실을 이기는 것은 사실밖에 없다. 잘못이 있으면 솔직히 얘기하고 이해를 구하는 것이 신의를 쌓는 지름길이다.

카메라 앞에서 화내지 말라

2011

"민항기에 어떻게 총을 쏠 수 있습니까? 초병들이 마약을 한 거 아닙니까?"

한 기자가 질문했다. 순간 배 속에서 뜨거운 것이 치고 올라왔다. 부아가 치민다는 말이 이들 두고 하는 말인 듯했다. 그러면서 머리는 냉정을 찾아야 한다는 생각이 들었다. 잠깐 숨을 고르고 대답했다.

"그 질문은 과도하다고 생각됩니다. 당시 초병들은 경계 매뉴얼대로 사격을 했습니다. 우리 초병들이 최선을 다하는 과정에서 발생한 것임을 이해해주시기 바랍니다." 카메라가 계속 돌아갔다.

2011년 6월 17일 새벽 4시부터 4분간 해병대 초병이 중국을 이륙해 인천공항으로 오던 민항기를 향해 99발의 소총사격을 가한 사건이 발생했다. 그것이 민항기라는 사실을 통보받지 않은 상태에서 벌어진 일이었다.

경계 시스템으로 보면 잘못된 부분이 많았다. 기자의 황당한 질문은 이 민항기 사격사건에 대한 브리핑 과정에서 발생했다. 군이 잘못한 부분이 있더라도 해병 초병이 마약을 한 거아니냐는 질문은 너무 생각이 없고 화나는 일 아닌가. 그렇더라도 내가 거기서 냉정을 잃었다면 문제가 커졌을 것이다.

브리핑을 마치고 내려오자 평소 나와 알고 지내던 기자가 "아까 그 질문을 받는 순간 실장님 얼굴이 하얗게 변하던데 잘 참았어요"라고 위로했다. 질문했던 기자를 사무실로 불러 "무슨 그런 황당한 질문을 하느냐?"고 따졌다. 기자는 "미안하다"며 머리를 긁적거렸다.

카메라가 돌아가는 상태에서 기자들 앞에서 브리핑한다는 것은 쉬운 일이 아니다. 세세한 표정, 말투 하나까지 카메라에 담기기 때문에 신경 쓰지 않으면 안 된다. 그런데 군을 대표해서 언론 앞에 서는 공보 당국자나 군 책임자들의 언론 경험이 아주 일천하다. 사관학교, 육군대학이나 합동군사대학교, 국방대학교 등 어디에서도 언론을 상대로 한 브리핑 실습을 하지 않고 있다. 다만 KR/FE, UFG 등 연례 한미군사훈련 시 훈련 내용을 가지고 모의기자를 대상으로 훈련하고 있기는 하다. 하지만 매우 제한된 인원만 경험하고 있다.

정훈공보장교들은 메시지로 싸우기 때문에 생각하기, 말하기, 쓰기 능력을 갖춰야 한다. 교육기관과 군 생활을 통해 많은 축적이 이루어지지만 막상 언론 앞에서 얘기할 기회는 많지 않다.

본격적인 시기는 대령 때부터다. 이때 육군 공보과장, 국방부 공보과장(부대변인), 합참공보실장을 맡기 때문이다. 그래서 육군정훈공보실장 시절 대령 진급 예정자들에 대한 미디어트레이닝 프로그램을 만들어 그 능력을 갖추도록 했다. 한편으로 사단 참모(중·소령)부터는 부대의 대변인으로서 역할을 담당해야 한다고 강조했다. 부대를 대변할 일이 있으면 다른 사람 뒤에 서지 말고 카메라 앞으로 나가라고 말이다.

그들의 능력이 더욱 나아져서 군의 메시지 관리가 발전하기를 기대해본다. 그러고 보니 반면교사로 삼을 나의 말실수가 생각난다.

김정일 중국 망명 사건
해프닝

2010

2010년 8월 말, 그해 UFG(Ulchi Freedom Guardian) 훈련이 끝났다. 수방사 지하벙커에서 2주를 보내고 햇빛이 비치는 밖으로 나왔다. 합참공보실장 2년 동안 그 지하벙커에서 다섯 차례 훈련했다. 봄에 두 번은 KR/FE(Key Resolve/Foal Eagle)였고, 여름에 세 번은 UFG였다.

이 훈련은 한반도 전쟁상황을 상정하여 진행되는 컴퓨터 시스템 기반 연합훈련으로 단계별, 국면별로 조성되는 상황에 따라 조치하는 지휘기구훈련이다. 단, FE는 실제기동 훈련이다.

훈련이 시작되면 전쟁 이전, 침투 및 국지도발, 전쟁으로의 이행 등의 상황이 조성된다. 2010년 UFG 당시 한미연합군의 주요목표였던 김정일이 중국으로 망명하는 상황이 조성됐었다. 그런데 공교롭게도 훈련을 마치는 날 북한 김정일이 중국을 방문했다는 보도가 나왔다.

상황이 재미있어서 나는 오랜만에 만난 기자들에게 "이번 훈련할 때 김정일이 중국으로 망명하는 상황이 있었는데 오늘 나와 보니 김정일이 중국을 방문했네"라며 가벼운 농담을 했다. 그러고서 사무실에 앉아 일을 보고 있는데 한 기자가 와서 내게 귀띔하기를 지금 기자들이 내 말을 기사화하려고 한다는 것이었다. 순간 '이거 상황이 묘하게 돌아갈 것 같다'는 생각이 들었다.

나는 바로 출입기자실로 가서 기자들에게 공식적으로 말했다. "합참공보실장입니다. 아까 김정일과 관련된 나의 발언은 재미 삼아 한 얘기였습니다. 그 발언 자체를 취소합니다. 혹시 기사를 쓰려는 기자가 있으면 기사화하지 말아줄 것을 공식 요청합니다."

나와 오랫동안 동고동락한 기자들 몇 명이 "아, 그래요? 알았습니다. 자, 우리 이건 기사 쓰지 맙시다"라고 말하며 분위기를 잡아줬다. 기사는 나오지 않을 것 같았다. 홀가분한 마음이 되어 기자실을 나왔다. 그런데 얼마 후 한 기자가 내게 부리나케 달려왔다. "실장님, 다들 안 쓰는 분위기인데 모 기자가 기사를 쓰는 것 같아요. 다시 다짐을 받는 게 좋겠는데요." "그래요? 고맙소. 다시 얘기하리다."

그 기자를 방으로 불렀다. "아까 그거 기사 쓴다면서요?" "누가 그래요? 안 써요." "정말이죠? 믿어도 되죠?" "아, 안 쓴다니까요." 기자는 나의 다짐을 알아들었다는 듯 말하고는 돌아갔다.

그래도 끝까지 확인이 필요했다. 방송 1시간 전 기사가 들어갔다는 것이 확인됐다. 방송 30분 전쯤 기자와 통화가 됐다.

"어떻게 된 겁니까? 기사 안 쓰기로 했잖습니까?" 그가 대답했다. "데스크에서 방송 첫 톱으로 내보내려는 걸 뒤로 미루고 기사 분량도 줄였어요." 그의 대답은 종전과 주파수 대역이 완전히 달랐다. 종전과 달리 보도를 기정사실화한 상태에서 본인이 나름 노력했다는 요지로 말하고 있었다.

뉴스를 틀었다. 뉴스 도입의 예고방송 후 세 번째로 방송됐다. 팩트가 별로 없는 내용이다 보니 우리가 내보낸 훈련 공식보도자료 내용에 훈련 자료화면을 끼워 넣고 김정일 방중 관련 영상을 붙인 수준이었다. 그 뉴스가 끝나고 다른 뉴스가 이어지는 몇 분간 머리가 멍했다. 이미 엎질러진 물, 더 이상

뉴스가 나오지 않도록 하는 게 최선책. 주요기자 몇몇을 체크했다. 모두 기사를 안 쓰겠다는 나와의 약속을 지킨다고 했다. 어떤 기자는 "그게 기사가 돼요?"라며 반문했다. 결국 방송 후에도 기자들은 관련 보도를 하지 않았고, 더 이상 확산되지 않았다.

합참공보실장 초기에 이런 일을 겪고서 언론과의 말하기에 더 신중을 기해야겠다는 생각을 하게 됐다. 많은 기자가 있는 자리, 소수의 기자가 있는 자리, 한두 명의 기자가 있는 자리에 따라 대화의 수준과 화법이 달라야 한다는 것과 기자 개인 특성을 고려해 맞춤형 대화를 해야 한다는 것을 마음에 새겼다.

한마디만 들어도 기사를 생각하는 기자와의 대화. 늘 긴장되는 일이다. 그 속에서 서로를 탐색하고, 서로의 방향을 찾아가고, 때로는 이해하고 때로는 부딪치면서 소통이 이루어진다. 말이나 글로 일일이 형용하기 어려운 기사들과의 소통 노하우, 그래서 경험과 연륜이 필요한 것이다.

●

기호학 같은
소통의 현장
2007-2012

        나는 국방부 공보과장과 합참공보실장을 맡은 4년여 동안 출입기자들과 매일 아침을 먹었다. 장소는 거의 국방부 지하식당이었고, 이따금 삼각지 해장국집이 되기도 했다. 대상은 일찍 출근했거나 기자실에서 밤을 새워 아침밥을 못 먹은 기자들과 공보 당직자들이었다.

  국방부 대변인실과 합참공보실에 근무하는 공보 관계자들은 새벽 4시부터 움직인다. 전날 야심한 시간까지 기자들과 삼각지를 배회했어도 예외가 없다. 신문 할아버지가 청사 지하에 신문을 가져다놓으면 그걸 받아 국방 관련 기사와 참고 기사를 형광펜으로 표시하고 칼로 잘라 B4 사이즈 종이에 붙인다.

지금은 인터넷 검색과 전자스크랩이 가능한 신문스크랩마스터 서비스 덕분에 보다 깨끗하고 신속하게 할 수 있게 됐지만 그전에는 난장판이 되기 일쑤였다. 잘려나간 신문과 신문 조각들이 여기저기 흩어지고, 책상 위는 풀칠로 끈적거리기 십상이었다. 서툰 이는 신문을 자르다 제 손을 베는 경우도 생긴다. 이렇게 기사를 자르고 붙이는 한편에서는 기사 내용을 요약해 장관님과 합참의장, 주요 당국자에게 보고할 준비를 한다.

이 정도는 일상이다. 예상치 못한 보도라도 나온 날에는 진짜 난리법석이 난다. 이른 새벽부터 기자들의 확인 전화가 빗발친다. 기자 전화 응대를 하면서 관련 부서에 사실을 확인한다. 사실이 아니면 우선 통신사와 방송들이 기사를 잘못 받지 않도록 사실을 알려줘야 한다. 오보 양산을 막기 위한 것이다.

사실이면 어느 정도까지 확인해줄 것인가를 협의하고 결정해야 한다. 이어 국방부 입장자료를 완성해 전 매체에 뿌린다. 그래도 진정이 되지 않거나 아주 중대한 사안인 경우는 10시 30분 브리핑 시간에 브리퍼를 대변인, 합참공보실장, 각 군 공보 관계자 중에서 선정할 것인지, 관련 국장이나 실장,

합참의 부장이나 처장 중에서 선정할 것인지를 결정해 시행한다. 공식적인 해명이 필요한 경우에는 카메라가 돌아가는 브리핑룸에서 하고, 보안이 요구되는 사안 중 비보도(off the record)나 엠바고 사안은 출입기자실에서 카메라 촬영을 불허한 상태에서 출입기자 대상으로만 백브리핑을 한다. 그리고 기자단과 기사화 시간, 범위를 정한다. 국익이나 보안과 관련된 사안은 반드시 비보도를 요청한다. 이런 날은 여지없이 아침을 굶는다.

일상적인 날의 아침 일이 마무리되는 시간은 대략 오전 7시경. 국방부 대변인은 장관과의 조찬회동 장소로, 나는 공보 당직자를 데리고 출입기자실로 간다. 일찍 출근한 기자들이 모여 있다. 연합뉴스와 방송기자, 석간신문 기자, 간밤에 어딘가에서 술을 먹고 기자실에 들어와 잠깐 눈을 붙인 기자들이다. 이들이 밥을 필요로 하는지, 국을 필요로 하는지 알아채는 데는 오랜 시간이 걸리지 않는다.

즉석에서 정해진 식당으로 우르르 몰려간다. 물론 내가 앞장선 행렬이다. 식탁에서 기자들로부터 최근에 일어난 이런저런 얘기도 듣고 보도 방향을 잡아줘야 할 사안은 큰 틀에서 한두 마디씩 던져놓는다. 나는 그들로부터 언론의 흐름과 관심 사항을 파악할 수 있고, 기자들은 군의 최근 이슈와 그날의 기사화 방향을 감지할 기회가 된다. 기자들은 매일 아침에 출근하면 그날의 기사화 방향과 부처 동정을 데스크로 보고 해야 하는데 그 방향을 잡아주는 것이다. 그렇다고 식사 시간의 대화가 무겁지만은 않다. 농담도 하고 회사 얘기, 집안 얘기, 동료 기자 험담도 들어주는 등 시시콜콜한 이야기들이 대부분이다. 여느 식사와 마찬가지로 아주 유쾌한 시간이다. 그속에서 기호학 같은 소통이 이루어진다.

그날 국이 필요했던 기자는 거기서 속을 달래고, 나는 그의 무모한 야간전투의 격전지와 교전상대를 파악하여 그의 활동 범위와 인적 네트워크를 아는 기회를 갖는다. 조찬회동은 그렇게 기호학 같은 소통이 벌어지는 시간이자 공간이었다.

●

포토라인은
통제가 아닌 배려다

2003-2012

언론을 대상으로 한 브리핑이 진행되는 곳이나 취재 현장에는 포토라인(photo line)이 쳐진다. 이에 대해 혹자들은 언론의 취재를 통제하기 위한 것으로 이해하는 경우가 있는데 그것은 이해 부족에 의한 오해일 수 있다.

공보총괄장교를 맡았던 2003년 SCM 공동성명이 국방부 신청사 대회의실에서 발표됐다. 많은 기자들이 몰려들었다. 포토라인이 설치됐지만 카메라 앵글 확보가 어려운 몇몇 사진기자들이 책상 위에 올라가 카메라 셔터를 눌러댔다. 평소 온화한 공보과장님이 기자에게 불같이 화를 냈다. 양국 국방장관이 발표하는 와중에 무리한 취재 활동을 하는 데 대한 경고였다.

취재 현장에는 세 부류의 기자가 있다. 노트북 컴퓨터나 수첩에 취재 내용을 열심히 적는 펜 기자, 현장의 모습을 순간 포착하려는 사진기자, 주요 장면의 영상과 음성을 놓치지 말아야 하는 영상기자 등이다. 펜 기자는 인터넷 선과 책상을 필요로 하며 앉아서 취재한다. 그래서 물리적인 취재 높이가 상대적으로 낮다. 사진기자는 포토포인트를 중시하여 최적의 장소와 앵글을 찾아 끊임없이 이동한다. 높은 위치를 확보하기 위해 휴대용 사다리를 가지고 다닌다. 그들은 물리적으로 가장 높은 취재 공간을 차지하려 한다. 그래서 취재 현장에서 가장 움직임이 큰 부류다. 영상기자는 통상 한군데에 카메라를 고정시키고 현장의 처음부터 끝까지를 빠짐없이 담는 책임을 맡은 기자와 인서트(insert) 영상을 찍기 위해 사진기자처럼 돌아다니는 기자로 나뉜다. 취재 높이는 어른 키 정도가 된다.

이들의 취재 동선과 요구가 서로 충돌하지 않도록 포토라인을 설치해야 원활한 취재 지원을 할 수 있다. 특히 포토라인은 취재 대상인 브리퍼(briefer)나 활동(activity)이 방해받지 않는 공간을 확보해준다는 점에서도 유익하다. 이 공간을 확보하지 않을 경우 카메라 기자들이 브리퍼나 활동의 뒤쪽으로 진입해 취재하는 경우가 생기는데, 이는 브리퍼는 물론 펜 기자와 정면을 촬영 중인 고정 영상기자의 취재 활동을 방해하는 결과를 가져오게 된다. 심할 경우에는 기자들끼리 고성을 지르며 싸우는 원인이 된다.

통상 펜 기자는 취재 현장 가운데에 앉혀서 취재 활동을 하도록 한다. 그 공간에 카메라가 들어가지 않도록 외곽에 바닥 포토라인을 쳐준다. 고정 영상기자를 위해 펜 기자 뒤편에 취재 단상을 마련해 거기서 움직이지 않도록 하고 움직임이 큰 사진기자와 인서트 영상취재 기자들은 좌우측과 고정 영상기자와 펜 기자 사이에서 취재토록 한다.

사진기자를 위해 잠깐의 포토타임을 갖는 것도 좋은 방법이고 영상기자를 위해 브리핑이 끝난 후 별도의 정제된 인터뷰를 해주겠다고 사전 공지하는 것도 불필요한 취재경쟁을 유발하지 않게 하는 방법이다. 취재가 진행되는 동안에는 주요 포인트에 취재 안내 표식을 한 공보요원을 배치해 취재 협조와 취재 간 발생할 수 있는 충돌을 예방한다.

공동취재(pool)의 경우에는 취재 동선을 미리 알려주고 취재 안내요원만 배치하면 굳이 포토라인을 치지 않아도 된다. 이 모든 것은 서로의 입장을 이해하고 윈윈(win-win)하기 위한 것이다.

야외활동의 경우도 촬영대, 미디어포인트, 포토라인 등을 진행과 취재진의 동선을 고려해 사전 계획해야 한다. 그리고 이에 따른 취재 안내문을 만들어 현장에 도착한 취재진에게 책임 공보요원이 설명해주면 취재 간 혼란과 취재진이 행사를 어수선하게 만드는 불상사를 방지할 수 있다.

그런데 이런 것들이 언론의 자유로운 취재 활동을 제한한다는 명분하에 공보요원으로서 할 일을 방치하는 경우가 더러 있다. 답답할 따름이다. 포토라인 설치라는 아주 작은 것부터 우리 군의 공보전략과 기술이 한 차원 더 높아지기를 기대해본다.

전우를 향한
조준사격

2014

　　2014년 6월 21일 밤 8시 15분, 강원도 고성 한 군부대 소초에서 병사 한 명이 동료들을 향해 자신의 총기로 12발의 총탄을 발사해 살해하는 끔찍한 사건이 발생했다. 5명이 숨지고 7명이 중경상을 입었다. 범인 임 병장은 이후 무장 탈영했다가 출동병력에 의해 23일 오후 2시 44분에 생포됐다.

　집단 따돌림을 견디지 못한 일그러진 심성이 초래한 사건이었다. 군에 자식을 보낸 부모들의 걱정이 커지면서 병영혁신에 대한 요구가 급등했다. 국방부 주도하의 병영혁신이 추진됐다.

현장검증이 있던 날, 나는 계룡대에서 현장까지 4시간 여 버스를 타고 달려갔다. 임 병장은 전투복을 입고 두 손이 앞으로 묶인 채 현장취재 중이던 카메라 앞에 나타났다. 몸은 왜소했다. 전투모에 검은색 뿔테 안경, 청색 마스크를 쓰고 있어 얼굴 표정을 읽을 수 없었지만 2시간 가까운 현장검증 내내 담담히 사건을 재연해 보였다.

GOP전원투입 근무를 마치고 내무반으로 복귀하기 위해 동료 병사들이 모여 있던 대기초소, 즉 그의 첫 범행이 이루어진 장소로 등장할 때 그는 다소 긴장돼 보였다. 그를 취재하기 위해 포토라인 너머로 줄지어 선 카메라를 의식하는 듯했다. 하지만 얼마 지나지 않아 수사관의 설명과 질문에 따라 조그마한 목소리였지만 막힘없이 기억나는 대로 정확히 대답을 이어갔다.

탄약고를 지나 내무반 뒤편을 돌아 앞쪽으로 막 늘어섰을 때 수사관이 임 병장에게 당시 앞에 나타난 물체를 향해 어떻게 했느냐고 물었다. 그러자 그는 가로등 불빛을 등지고 달려오는 물체가 있어 '조준사격'을 했다고 대답했다. 나는 같이 따라가던 옆의 기자에게 그의 답변을 환기시켰다. 그도 들었다고 고개를 끄떡였다. 12발 사격으로 12명의 사상자를 낸

그가 조준사격을 했다고 스스로 확인해주는 순간이었다.

언론의 관심이 조준사격에 쏠렸다. 전 매체가 '조준사격'을 기사 제목으로 뽑았다. 공보 현장은 매우 중요하다. 데스크의 보도 방향이 확인되든 비틀어지든 모두 거기서 시작된다. 그런데 때때로 공보 현장을 소홀히 하는 경향이 있다. 그래서 통상 계급이 낮고 경험이 부족한 사건 발생 부대에게 공보 현장을 맡기는 일이 종종 있다. 그래서는 안 된다. 대형사건이 발생하면 경험이 풍부하고 공보 감각이 뛰어난 상급부대 공보 책임자를 현장에 급파해야 한다.

임 병장 사건 때는 육군의 지시를 받은 해당 군단 공보참모(대령)가 사건 초기부터 현장을 장악했다. 그는 정책부서 경험도 있고 능력도 출중해 그 몫을 잘해냈다. 사건의 중대성을 인지한 그는 사건 발생 사실을 누구보다 먼저 내게 보고했고 수시로 나의 지침을 받았다. 현장검증 간에도 앞장서 언론을 정리하고 카메라 화면에 현장이 잘 잡히도록 이리 뛰고 저리 뛰며 애썼다. 현장 공보 관계관의 이런 노력은 보도 방향 리드와 어떤 화면이 뉴스에 들어가느냐를 결정짓는 매우 중요한 요건이다. 가끔 기자만 현장까지 안내하고 현장 취재 간에는 취재진들이 하자는 대로 하면서 뒷짐만 지고 있는 이들이 있는데 나는 이들을 용서치 않았다. 그래서 그런 모습이 보이면 그 중요성을 강조하며 다그치곤 했다.

공보 현장에서 취재진의 취재 동선을 디자인하고, 미디어 포인트를 정하고, 인터뷰할 사람의 내용을 준비시키는 일은 핵심 메시지를 말과 영상으로 엮어내는 고도의 공보 전략이자 기술이다.

가짜 환자
소동

2014

　　임 병장은 생포되기 직전 자신의 총기로 옆구리를 쏴 자살을 시도했다. 사고 직후 군은 임 병장을 생포하고 민간병원 앰뷸런스에 태워 강릉 아산병원으로 긴급 이송했다. 출발 직후 따라붙은 한 방송 차량이 앰뷸런스를 뒤쫓으며 이송 장면을 생방송하는 사태가 벌어졌다.

　　나는 현지 공보참모에게 구급차와 생방송 카메라를 분리하라고 지시했다. 곧바로 교차로 교통통제를 통해 분리됐고, 더 이상 환자 이송 장면이 생방송되지 않았다. 구급차 추격 과정에서 사고가 발생할 우려가 있었기 때문이다.

이제 임 병장을 태운 앰뷸런스가 병원에 도착한 후 병원 수술실까지 가는 동선이 언론의 관심 포인트였다. 나는 현지 공보 책임자에게 임 병장이 긴급수술을 해야 하는 상황이니 시간을 지체하지 말되 이동 동선상에서 기자들이 최대한 영상을 찍을 수 있도록 하라고 지시했다.

현지 공보요원들은 병원 입구에 포토라인을 치고 취재기자들을 안전하게 통제했다. 얼마 되지 않아 한 사람이 모포를 뒤집어 쓴 채 들것에 실려 병원 안으로 실려 들어가는 모습이 뉴스에 나오기 시작했다. 모포로 몸 전체를 뒤덮은 상태의 그림이 마음에 들지 않았다. 가릴 부분만 일부 가리면 되는데 말이다. 조금 이상하다는 생각이 들었다.

그 이유는 얼마 지나지 않아 밝혀졌다. 그건 임 병장이 아니고 대역 병사였다. 임 병장은 병원 지하통로를 통해 수술실로 직행했던 것이다. 언론은 분노했다. 군이 가짜 환자를 만들어 언론에 노출시켰고 결과적으로 오보를 조장했기 때문이다.

병원 입구에서 현장 공보 조치를 한 공보 라인도 감쪽같이 속았다. 누가 가짜 환자를 만들라고 지시했는지를 두고 앰뷸런스 이송을 담당했던 민간병원 측의 주장과 군 관계자의 주장이 엇갈렸다. 끝내 누구인지 밝혀지지 않은 채 긴급 수술

필요성 때문에 벌어진 해프닝으로 일단락됐다. 하지만 이 가짜 환자 소동은 시사하는 바가 크다.

첫째, 사건 관련자들은 언론과 접촉하는 공보 관계관들에게 모든 걸 얘기하지 않는다는 사실이다. 아직도 많은 이들이 숨기고 싶은 것을 언론은 물론이고 공보 관계관에게도 숨긴다. 나중에 들춰보면 결국은 개인의 이익과 조직의 이익에 관련된 것들이다.

그들은 나에게 이야기한다. "언론과 늘 접촉하는 입장에서 뭘 알게 되면 말해야 할 것 아니냐?"고. 그러면 나는 이렇게 소리친다. "당신이나 얘기하지 마시오. 언론 앞에서 할 말 안할 말 가릴 줄도 모르면서."

공보와의 사실 공유. 이는 '열렸다 닫혔다' 하는 여닫이문과 같다. 완전한 국민의 군대가 되기 위한 조건은 24시간 문개방이다.

둘째, 언론은 기만의 대상이 아니라는 사실이다. 그런데 전략적 사고가 아니라 당장 싸워 이기겠다는 근시안적 사고에 몰두하게 되면 기만이든 심리전이든 온갖 수단과 방법을 가리지 않으려 할 가능성이 높다. 가짜 환자 소동은 그런 사고에서 비롯되었다. 정말 조심해야 할 부분이다.

적에게는 그렇게 해도 된다. 하지만 국민의 알 권리를 위해

일하는 언론에게는 안 된다. 결과적으로 뉴스를 보는 국민과 세계인들을 속이게 되기 때문이다. 신뢰가 생명인 공보가 심리전에서 쓰는 전술을 구사하면 안 되는 이유다.

셋째, 결과적으로 언론이 가장 관심을 갖고 있는 장면을 언론에 제공하지 못했다는 사실이다. 당시 병원 입구는 가장 핫한 장소였다. 사건을 일으킨 임 병장이 언론에 최초로 노출되는 순간이었기 때문이다. 피의자의 인권문제를 고려하면서도 적절한 이미지가 제공됐어야 한다. 그런데 그걸 놓치고 말았다. 공보와 사전 상의를 했다면 가짜 환자 소동도 없었을 뿐 아니라 언론 요구도 충족시킬 수 있었다. 그리고 그 장면은 임 병장이 현장검증 때 언론에 최초로 모습을 드러내기 전까지 임 병장 사건 뉴스에 지속 보도됐을 것이다.

촉박한 시간과 비좁은 공간이 머릿속을 어지럽혀 우리를 다급하게 하는 경우가 더러 있다. 그 순간에 가장 정확하고 효과적인 방법을 만들기 위해서라도 서로의 생각과 지혜를 공유해야 한다. 일을 그르치지 않게 하는 방법일 뿐 아니라 책임을 분산시키는 방법이기도 하다.

〈진짜 사나이〉를
만들다

2013

"사나이로 태어나서 할 일도 많다만 너와 나 나라 지키는 영광에 살았다. 전투와 전투 속에 맺어진 전우야, 산봉우리에 해 뜨고 해가 질 적에 부모 형제 나를 믿고 단잠을 이룬다." 우리나라 최초 방송작가로 이름을 날리며 한 시대를 풍미했던 유호 씨가 가사를 쓰고 이흥렬 씨가 작곡한 군가 〈진짜 사나이〉다.

유호 작가는 6·25전쟁을 관통하며 서울 수복 직후에는 "전우의 시체를 넘고 넘어 앞으로 앞으로. 낙동강아 잘 있거라. 우리는 전진한다"로 시작하는 군가 〈전우여 잘 자라〉 가사를 지었고, 중공군의 개입으로 통일이 좌절된 1·4후퇴 때는 군가 〈전선야곡〉을 지어 군인들의 사기를 드높였다. 군가 〈진짜 사나이〉는 전쟁 후 지어진 것으로 시대를 뛰어넘어 오늘날까지 군과 민이 즐겨 부르는 애창군가로 자리 잡았다. 그리고 '진짜 사나이'는 군인이나 군대를 다녀온 사람을 일컫는 보통명사가 됐다.

육군 정훈공보실장이던 2013년 초 MBC에서 군 병영을 무대로 하는 예능프로 〈진짜 사나이〉를 만들고 싶다는 제안을 해 왔다. 마침 그때 육군본부는 국민이 '안방에서 육군을 본다'는 홍보 프로젝트를 기획하고 방법을 모색 중이었다.

요즘 방송에서 예능프로가 대세기는 하지만 군 병영 안에서 방송 카메라가 24시간 돌아가는 리얼 예능프로를 허용한다는 것은 모험이었다. 하면 좋다는 데는 누구도 이견이 없었다. 다만 '우려되는 문제가 무엇이고 그런 문제가 발생하면 누가 책임질 것인가?' 즉 리스크 관리와 책임 소재가 핵심이있다. 이에 대해서는 누구도 선뜻 답을 내놓지 않았다. 그냥 안 하는 것으로 하면 고민할 일도 책임질 일도 없다. 손대지 않으면 그만이다. 그러나 남는 것이 없다. 답은 뻔하지 않은가.

나는 문제의 본질을 '보안문제, 군 희화화' 두 가지로 보았다. 과거 군 소재 방송프로그램이 이 문제로 논란이 됐던 적이 많았기 때문이다. 그래서 국방부와 의견 조율을 했다. 국방부는 공문으로 답변서를 보내왔다. "육군이 알아서 문제없도록 하라"는 것이었다. 국방부는 한 발 물러선 채 책임을 나와 육군으로 넘긴 것이다. 나중에서야 알았지만 MBC는 육군에 요청하기 전에 국방부 실무진들과 접촉했다가 호의적이지 않자 〈진짜 사나이〉를 포기하려 했고 다른 프로그램을 준비하고 있었다고 한다. 판단이 서고 책임 소재가 분명해진 마당에 망설일 이유는 없었다. 단박에 MBC 측에 요구했다.

"현장 공보 책임자의 의견을 존중할 것. 방송 내용은 방송 전에 육군본부와 해당 부대에서 모니터링하도록 조치하고 검토 의견을 빠짐없이 반영할 것. 군을 희화화하지 말 것."

MBC는 이를 적극 수용하겠다는 약속을 했다. 이어 프로그램 진행이 전격 합의됐다. 육군 수뇌부(참모총장 조정환 대장, 참모차장 황인무 중장)의 열린 자세가 원동력이 됐다. MBC는 육군의 신속한 결정에 고무됐다. 육군과 MBC는 "문제가 없도록 하면서 서로가 윈윈하는 최고의 프로그램을 만들자"며 의기투합했다. 제작본부장, 부장, 담당 피디, 작가, 출연진 모두 열정적이었다.

프로그램을 만들면서 서로의 입장을 충분히 공감하며 세세한 부분까지 협조했다. 방송시간이 일요일 저녁 황금시간대에 편성되었다. 그래서 MBC에서 금요일 밤까지 가편집한 후 육군본부로 보내오면 토요일 아침에 내가 직접 실무과장, 실무자와 함께 두세 시간 넘게 모두 검토했다. 실무자가 그 검토 결과를 들고 토요일 오후 MBC에 가서 의견을 전달하고 편집 과정에 참여했다. 해당 부대에서도 똑같은 프로세스가 진행됐다. 재임 기간 2년 내내 매주 토요일 오전을 그렇게 보냈다.

어렵게 시작한 〈진짜 사나이〉는 기대 이상을 넘어 대박이었다. 굳게 닫혀 있던 군 병영이 입대 연예인과 병사들을 통해 있는 그대로 공개됐다. 훈련으로 힘들고 고된 모습, 나라를 지키는 강하고 믿음직한 모습, 명령과 복종의 위계질서가 살아 있는 병영에서 일어나는 독특한 일상, 자유가 잠시 보류된 젊은이들의 애환과 갈망 등등. 모든 것이 24시간 사방, 때로는 공중과 수중에서 돌아가는 카메라에 잡혔고, 시청자에게 리얼하게 전달됐다.

그해 4월 백마부대 편이 첫 방송을 탔고, 곧바로 시청률 20%를 넘나드는 성적으로 같은 시간대 시청률 1위의 인기 프로가 됐다. 대화가 없던 아버지와 아들이 〈진짜 사나이〉를 보며 세대 간 대화를 시작했다. 군에 전혀 관심이 없던 엄마와 딸이 TV 앞에 모여 앉아 군대 이야기로 꽃을 피웠다. 덩달아 무명의 연예인이 스타덤에 오르고, 여군 특집에 출연한 한

여가수의 애교가 장안의 화제가 되기도 했다.

방송에 나온 어느 부대의 대대장은 "카메라가 따라다니는 훈련이 되다 보니 훈련에 임하는 병사들이 요령을 부리지 않고 원안대로 참여함으로써 훈련 효과가 아주 높다"고 귀띔했다.

'진짜 사나이 효과'는 그게 다가 아니었다. 전역을 하고 육군정책위원으로 있던 2015년 가을에 육군간부 지원자 면접 심사위원장을 맡게 되었다. 나를 모르는 한 대학생이 면접장에서 이렇게 말하는 것이 아닌가. "고등학교 때 〈진짜 사나이〉를 보고 군인이 되기로 결심했습니다." 진짜 '진짜 사나이 효과'를 눈으로 확인하는 순간이었다. 놀랍고 감개무량했다.

진짜 사나이 효과는 현재진행형이자 미래형이다. 그런 점에서 보면 〈진짜 사나이〉 키즈는 그 대학생 외에도 많을 것임이 분명하다. 그들이 만드는 리얼 '진짜 사나이' 군대에 기대하는 바가 크다.

한편 나는 이 방송을 북한군이 몰래 보는 방송으로 만들고 싶었다. 너무 재미있게 보다가 우리 군대의 강한 면모에 놀라 그만 두려워하게 되는 그런 방송을 말이다. 나는 여러 차례 이런 취지를 제작진들에게 전했고 그들도 전적으로 공감하며 협조했다. 북한군이 몰래 숨어서 〈진짜 사나이〉 방송 영상을 돌려본다는 소식이 어서 들려오기를 고대한다.

칠성산
전투

1996

사단 보좌관으로부터 급히 부대로 복귀해야 한다는 연락이 왔다. 그때 나는 원주 1군사령부에 볼일이 있어 갔다가 홍천에서 후배 부부와 저녁을 먹고 있었다. 허둥지둥 식사를 끝내고 2사단이 있는 양구로 향했다. 지프차를 타고 가면서 별 생각이 다 들었다. 잠수함을 발견했다는데 초병이 잘못 본 거 아닌가? 가끔 돌고래를 잠수함으로 오인하기도 한다니 말이다.

1996년 9월 18일, 나의 강릉 잠수함 무장공비작전은 그렇게 시작됐다. 부대에 도착하니 상황이 심각하게 돌아가고 있었다. 참모장(대령)이 대민 협력업무를 담당하는 민심참모(소령)인 나와 적 침투 상황에서는 임무가 가벼운 화력지원반장(중령)을 부르더니 "지금 즉시 둘은 강원도 정선으로 가서 사단이 전개할 학교와 논밭을 협조하라"고 지시했다.

나는 바로 숙소로 가서 아내에게 전후 사정을 얘기하고 옷가지를 챙겨 정선으로 출발했다. 9월 중하순, 작전 중이라 호로(덮개)를 제거해 완전 벌거숭이가 된 지프차 뒷좌석에 앉았다. 달리는 차에서 매서운 강원도 산골의 밤공기를 그대로 맞았다. 급한 김에 내의도 입지 못한 옷차림도 문제였다. 오뉴월 뭐 떨 듯, 아니 9월 중하순 산골바람에 뭐 떨 듯 턱과 사지를 떨며 4시간 가까이 달려 정선에 도착했다. 연락을 받았는지 면장과 예비군 관계자가 우리를 기다리고 있었다.

사단 전개지역 협조는 의외로 손쉽게 끝났다. 다음 날 바로 사단이 정선으로 전개했다. 그러고는 얼마 되지 않아 우리는 다시 강릉 지역으로 이동했다. 정선 전개는 최초 잠수함 무장공비들의 이동 범위를 크게 잡아 차단선을 넓게 설정했기 때문이다. 이후 작전이 전개되면서 무장공비들과 접촉, 침투 원점 근처인 청학산에서 공비들의 집단 자살 현장 발견, 생포된 공비 이광수의 증언 등을 토대로 차단선이 축소돼 강릉 지역으로 이동하게 된 것이다.

9월 22일 새벽 6시 15분, 강릉 칠성산. 차단선을 점령한 2사단 31연대 2대대 7중대 앞으로 검은 물체가 다가왔다. 동트기 전 어둠 속이었다. 간밤에 긴급히 주위 돌들을 주워 모아 구축한 임시호 안에서 전방을 주시하던 김 일병이 수하를 했다.

　"손들어 움직이면 쏜다."

　순간 검은 물체가 막대기 같은 것을 아래에서 위로 휙 하고 들어 올리는 것이 보였고 그 끝이 새벽빛에 흘긋 빛났다. 김 일병은 직감적으로 그 검은 물체가 아군이 아니고 흘긋한 것이 총구일 것이라고 확신했다. 반사적으로 그는 수류탄 안전핀을 뽑아 던지고 미친 듯이 총을 쐈다. 옆에 있던 송 일병도 가세했다.

　커다란 폭발음과 소총 소리가 숨죽였던 칠성산 새벽 공기를 갈랐다. 이 교전에서 적 2명 중 1명이 사살됐다. 1명은 도주하다가 인접 부대에 사살됐다. 안내조 김윤호와 인내조이자 부함장인 류림이었다. 안타깝게도 송 일병은 적탄에 맞아 현장에서 전사했다. 수거한 송 일병의 해진 방탄헬멧에는 적의 총탄이 뚫고 간 자리가 선명했다.

　나는 교전 사실과 작전 결과를 확인하고 보도자료를 만들어 강릉 시청에 설치된 합동보도본부로 달려가 설명했다. 언

"손들어 움직이면 쏜다."
순간 검은 물체가 막대기 같은 것을
아래에서 위로 휙 하고 들어 올리는 것이 보였고
그 끝이 새벽빛에 흘끗 빛났다.
김 일병은 직감적으로 그 검은 물체가 아군이 아니고
흘끗한 것이 총구일 것이라고 확신했다.
반사적으로 그는 수류탄 안전핀을 뽑아 던지고 미친 듯이 총을 쐈다.
옆에 있던 송 일병도 가세했다.

론은 우리 2사단 노도부대의 전과와 송 일병의 전사 사실을 긴급보도했다.

그 후 우리 부대는 다시 내린천이 흐르는 인제군 기린면과 방태산 지역으로 이동해 차단선을 점령하고 구역별로 탐색격멸작전을 수행했다.

강릉 잠수함 무장공비 침투사건은 강릉 안인진리 바닷가에 좌초된 북한 잠수함을 택시기사가 발견하면서 시작되었다. 국민과 언론은 뻥 뚫린 안보를 질타했다. 부정적 어젠다가 보도 환경을 지배했다. 거기다 언론의 과도한 취재 경쟁으로 작전보안이 노출되기도 하고 취재진이 작전지역으로 진입해 작전에 차질을 빚기도 했다.

언론 어젠다 선점에서 최대무기는 사실과 속도다. 이런 점에서 당시 공보장교는 절대적으로 불리했다. 기자들은 그때 막 유행하기 시작한 휴대폰을 들고 취재를 했는데 공보장교들은 휴대폰이 없었다. 사단장, 연대장 등 시휘권들에게만 지급되어 있었다. 그래서 공보장교들은 공보 현장에 나가면 공중전화를 이용하거나 때로는 기자의 휴대폰을 빌려 통화해야 했다. 사실과 속도에서 기자를 따라갈 수 없었던 것이다. 이때의 경험은 공보에서 사실과 속도가 얼마나 중요한지를 일깨워줬다.

강릉지구 무장공비 침투사건은 대침투작전 측면에서도 우리 군에 많은 교훈을 줬지만 공보작전에서도 많은 시사점을 남겼다. 사건 이후 군은 통합방위법을 제정했고 공보는 이에 따른 중앙 합동보도본부, 지역 합동보도본부 운용 등에 대한 개념을 정립했다.

당시 경험에 기초하여 나는 2009년 12월 원주 1군사령부 정훈공보참모로 보직된 이후 작전수행간 언론의 접근 가능성과 언론 공개 시점, 방법 등을 종합 판단하는 공보판단서, 언론이 작전지역으로 접근할 수 있는 통로상 주요 지점인 언론 체크포인트, 언론 체크포인트와 인접 체크포인트 사이를 오가며 언론 움직임을 체크하여 보고하고 현장취재협조를 담당하는 기동공보조 개념 등을 정립했다. 이런 개념은 1군에 이어 합참에 근무하면서 전군에 전파됐다.

강릉지구 무장공비 소탕작전 참전 경험은 평시를 넘어 위기 시와 전시에 공보작전을 어떻게 수행해야 할지를 고민하게 한 중요한 계기가 됐다.

연하동 전투,
산 자와 죽은 자의 경계선

1996

11월 4일 마지막 남은 정찰조 무장공비 2명이 남방철책 10킬로미터 후방인 을지부대 지역 산머리곡 산에서 우리 병사와 접촉했다. 노도부대, 3군단 특공연대, 화랑부대, 을지부대 수색대, 이기자부대, 특전사 3여단 병력이 긴급 투입됐다. 이튿날 5일 새벽 적과 최후 교전이 벌어졌다.

나는 군단으로부터 교전상황 현장공보책임자로 임무를 수행하라는 명령을 받았다. 을지부대 휴양소에 임시 기자실이 설치됐다. 교전이 진행되는 동안 도로는 완전 통제됐다. 마침내 교전이 끝났으니 현장에 들어가도 좋다는 연락이 왔다. 지프차를 타고 을지부대 한 연대에 도착했다. 병사 한 명이 들 것에 실려 헬기에 막 태워지고 있었다. 그의 얼굴은 백지장같이 희었다. 을지부대 수색대대 강 상병이었다. 교전 중 적탄을 맞아 후송됐으나 끝내 숨지고 말았다.

K-1소총에 실탄을 장전하고 지프차로 진부령과 미시령을 가르는 삼거리를 지나 왼쪽 진부령 쪽으로 10여 분을 달렸다. 도로 왼쪽으로는 작은 계곡이 흐르고 있었고 다리가 하나 놓여 있었다. 삼림욕장으로 들어가는 길이었다. 그곳이 교전현장이었다. 다리를 건너자 바로 매표소 건물이 나왔는데 거기에 특공연대 소대장(소위)과 병사 2명이 서 있었다. 그들은 나를 보자 작전경과를 소상히 설명했다.

소대는 출동명령을 받고 늦은 밤에 현 위치를 점령했다. 새벽 2~3시경, 도로 위쪽에서 두 명이 걸어내려 오는 것이 보여 수하를 했다. 그러나 이들은 응하지 않은 채 "아, 나 ○중대 선임하사야. 중대로 가는 길이야"라고 하며 계속 내려왔다. 이상한 낌새를 느낀 경계병들은 "정지. 움직이면 쏜다. 암구호"라고 외치며 사격자세를 취했다. 바로 그때 소총에서 불이 번쩍했고 초소 쪽에서 꽝 하는 폭발음이 났다. 동시에 우리 병사들도 대응사격을 가하며 수류탄을 던졌다. 순식간에 교전이 벌어진 것이다.

무장공비들은 다리를 넘지 못한 채 숲 속으로 도망쳤다. 그 교전에서 한 명이 부상을 입었고 결국 공비들을 숲 속에 고착시킨 결과를 가져왔다고 소대장과 병사들은 증언했다.

교전 소식을 들은 3군단 기무부대장 오 대령(준장 추서진급)은 현장에 출동하여 5시경 교전상황을 파악한다며 초소 인근에서 숲 쪽을 향해 움직이던 중 적의 소총사격을 받아 전사했고, 수색견도 현장에서 피살됐다.

그 이후 작은 계곡을 사이에 두고 우리 특공연대와 공비 간에 총격전이 벌어져 우리 측에 많은 희생자가 발생했다. 희생자가 많았던 것은 고착된 적 중 한 명이 나무 위에 올라가 몸을 숨긴 채 아군을 정확히 보며 조준사격을 했기 때문이다. 교전현장이 계곡을 사이에 두고 각각 뒤로 산들이 막혀 있어 소리 울림 현상이 발생해 총소리 원점을 파악하기 어려웠던 것도 이유였다. 아까 본 강 상병도 이 교전에서 희생되었다. 내가 도착했을 때는 사상자 모두 후송된 상태였지만 흥건하게 고인 검붉은 피가 현장에 남아 있어 당시의 참상을 짐작할 수 있었다.

이어 무장공비가 사살된 현장으로 갔다. 최초 교전장소에서 50여 미터 정도 떨어진 큰 나무들이 서 있는 숲 속이었다. 조준사격으로 적 2명을 사살했다는 특전사 장 상사와 특전요원들이 기다리고 있었다. 특전사는 강릉지구 무장공비작전에서 많은 전과를 올리고 있었다. 그들은 내가 언론 공개 전에 사전 파악을 하러 왔다는 것을 아는 듯했다. 장 상사는 다소 흥분된 어조로 내게 말했다.

"탐색격멸임무를 받고 동료들과 계곡을 따라 올라오며 총소리가 나는 쪽을 수색하던 중 나무 밑에서 머리가 긴 두 명이 도로 쪽으로 사격을 하고 있는 것을 발견했습니다. 순간 '움직이면 쏜다'라고 외치며 실탄 2발로 각각 조준사격을 했습니다. 그러고는 쓰러진 공비에게 달려가 죽은 걸 확인하고 기분이 좋아 하늘을 향해 남아 있던 총알을 모두 쏴버렸습니다."

장 상사는 아주 당당했고 스스로를 자랑스러워했다. 약간 주눅 들어 보였던 특공연대 병사들과는 대비되었다. 사살된 무장공비들은 검은색 옷을 입고 있었다. 아까 본 강 상병이 그랬듯이 얼굴색이 백지장이었고 누워 있는 모습이 마치 마네킹 같았다. 몸에서 피가 다 빠져나가는 총상 사망자들의 특징이라고 한다.

그런데 군사령부에서 나온 대령이 나를 잡아끌었다. 공비가 우리 노도부대 병사(고 표종욱 상병)의 야전상의를 입고 있었다고 말하는 게 아닌가. 그 병사는 월동준비를 위해 싸리나무를 구하러 갔다가 실종된 우리 공병대대 병사였다. 그의 야전상의 주머니에서 병사수첩이 발견됐다. 거기에는 '대충대충 넘긴 하루 무너지는 안보태세'라는 문구가 적혀 있었다. 그런 문구가 있다는 건 나중에서야 알았다.

나는 현장공보책임자로서 필요한 조치를 취했다. 현장에서 구한 흰색 줄로 사체 주변에 포토라인을 쳤다. 사체의 얼굴이 찍히면 안 되기 때문에 가리도록 했다. 누군가 누런색 쌀포대를 가져와 덮었다. 마지막으로 무장공비 소지품 공개에 대한 현장토의가 있었다. 나는 무장공비의 주머니에서 나온 작전일지 공개를 반대했다. 그러자 군사령부의 대령이 군사령관님이 모든 걸 공개하라고 했다며 듣질 않았다. 아쉬운 대목이다. 우리 군이 국민과 언론으로부터 많은 질타를 받고 있었던 것은 사실이지만 군이 작전일지까지 공개할 필요는 없었다고 생각한다. 결국 거의 전문이 언론에 공개되는 바람에 북한 김정일과 북한군 수뇌부는 힘들이지 않고 앉아서 죽은 자들로부터 보고받는 꼴이 되고 말았다.

현장공개준비를 마치고 임시 기자실에 보고했다. 곧이어 기자들이 몰려왔다. 오후 4시가 다 된 시간이었다. 마감시간에 촉박한 기자들이 서둘러 취재를 했다. 장 상사는 내가 일러준 대로 자신감 있고 당당한 모습으로 인터뷰했다. 평소 알고 지내던 공중파 방송기자가 내게 무리한 요구를 했다. 기자

브리지(멘트)를 무장공비 옆에서 하고 싶은데 얼굴이 보이도록 덮개를 걷어달라는 것이었다. 나는 단호히 거절했다. 명분은 죽은 자도 초상권이 있다는 것이었지만 굳이 무장공비의 마지막 모습을 우리 언론을 통해 북측에 전달할 필요가 없다는 생각이 들었다. 요즈음은 설령 영상으로 찍어도 모자이크 처리하지 않으면 쓰지 못하는 세상이다. 아니면 말고 식의 의욕이 넘친 기자의 찔러보기가 아니었나 생각한다.

현장공보조치에서 중요한 것은 기자의 요구를 조절하고, 공개할 사안과 비공개 사안을 신속히 판단하여 조치하고, 핵심 메시지를 현장 설명과 인터뷰하는 사람을 통해 전달되도록 하는 것이다. 또 중요한 것은 기자의 찔러보기에 넘어가지 않는 것이다.

연하동 작전 총 책임을 맡고 있던 사단장님(소장 김희중, 중장 예편)을 비롯한 주요 간부들이 점심도 거른 채 현장을 지휘하고 있었다. 대민업무를 맡고 있는 내게 특명이 떨어졌다. 밥을 조달하라는 것이었다. 사실 군수참모의 몫이긴 하지만 그런 것을 따질 일이 아니라 인근 민간식당으로 가서 밥과 반찬, 라면을 끓여 가져왔다. 식당 주인은 군인들 고생한다며 한사코 돈을 받지 않았다. 총소리에 하루 종일 불안했는데 무장공비를 완전 소탕해줘서 고맙다는 말도 잊지 않았다.

허기진 배에 따뜻한 라면 국물과 밥이 들어가니 살 것 같았다. 그렇게 모두 아무렇게나 풀썩 주저앉아 먹고 있는 바로 오른편에 흥건히 고인 붉고 검은 전사자의 피가 눈에 들어왔다. 기자들이 떠난 그 자리에는 마지막 무장공비가 아까 그대로 쌀포대를 뒤집어 쓴 채 누워 있었다.

산 자와 죽은 자, 그 경계는 아주 가까이 있었다. 하지만 산 자의 갈 길과 죽은 자의 갈 길은 확연히 달랐다. 산 자는 살아야 하기에 먹어야 했고, 죽은 자는 먹을 필요가 없어 그저 누워 있었다. 이 땅에 침투하여 우리 군에 쫓기면서도 허기진 배를 채우며 어떻게든 살고자 했던 그들의 육체 공간은 운명의 작은 쇳조각이 관통한 순간 더 이상 먹을 필요가 없는 존재가 되고 말았다.

죽음이란 일순간 우리의 시간과 공간, 거기서 벌어지던 일상을 앗아가 버린다. 하지만 살아남은 자는 어떻게든 자신의 일상을 이어가기 마련이다. 마지막 전투현장 그곳 인하동에서 나는 삶과 죽음이 아주 가까이서 마주하고 있는 모습을 목격했다. 오랜 시간이 지난 지금도 그 모습이 내 뇌 공간에 깊이 박혀 있다.

하지만 그때까지 표 상병의 야전상의가 노도부대를 뒤흔들 줄은 생각지도 못했다.

무결점과
무오류의 우상

1996

    '대충대충 넘긴 하루 무너지는 안보태세.' 나중에 확인되었지만 표 상병의 수첩에서 발견된 이 문구는 반기에 한 번씩 실시된 부대집중정신교육 때 표 상병이 제출한 안보표어와 동일했다.

  그가 이 문구를 써서 안보표어로 제출한 취지는 '대충대충 하루를 보내면 우리 안보태세가 무너지니 군 생활을 잘하자'는 것이었다고 동료 병사가 증언했다. 하지만 연하동 무장공비 소지품 공개현장에 있던 표 상병의 수첩에서 우연히 이 문구를 발견한 한 언론매체 기자는 '군 간부들이 얼마나 대충대충 하루를 보내면 병사의 눈에 이렇게 비쳤겠는가? 군 안보 태세가 한심하다'는 식으로 임의 해석해 기사를 썼다. 이 기사가 보도되자 여러 매체에서 기사와 사설에 이를 인용했고, 사실인 양 확산되기 시작했다.

당시 강릉잠수함무장공비 사건에 대한 부정적 어젠다가 지속되는 와중에 무장공비에게 살해된 표 상병을 한때 탈영병으로 처리하여 추적해온 부대의 조치에 불만을 품은 분위기와 기자의 편향적 사고가 빚어낸 오보였다.

보도 직후 표 상병이 소속된 공병대대에 확인한 결과, 앞서 언급한 것처럼 사실이 아니었다. 즉각 부대 해명자료를 내고 해당 언론사에 정정보도를 요청했다. 하지만 언론사들은 정정보도에 인색했다. 대신 우리 주장을 담은 독자투고를 게재해줬다. 하지만 이 문구에 대한 오보로 노도부대의 명예는 나락으로 떨어졌다. 우리 사단장님이 진두지휘한 마지막 연하동 전투에서의 승리도 그만 묻히고 말았다.

언론보도 피해 구제는 해당 언론사에 정정보도, 반론보도 등을 청구하는 방법과 이것이 성립되지 않을 시 언론중재위원회에 제소하여 중재를 받는 방법이 있다. 이와 별개로 언론사와 해당 기자를 명예훼손으로 고소할 수도 있다. 하지만 그 기간이 길고 노력도 많이 든다. 설령 언론사와의 지난한 투쟁 과정을 거쳐 이기더라도 이미 깊어진 상처를 치유할 타이밍은 놓치기 십상이다. 이런저런 이유로 오보가 나면 대부분은 반론보도나 독자투고 정도로 마무리하는 것이 상례다. 그래서 이 건도 그 선에서 마무리되었다.

이를 비롯해 내가 언론 현장에 있으면서 마주했던 오보들은 심심치 않게 있었다. 그러나 오보를 완벽히 바로잡은 적은 한 번도 없다. 언론이 오보에 대해 책임지려 하지 않는 경향이 있는 데다 이미 엎질러진 물을 도로 담을 수 없기 때문이다.

기자가 오보를 쓰는 데는 여러 원인이 있겠지만 한마디로 '기사 한 건에 매몰되어 정확성을 간과하는 기자 개인의 편향적 사고와 정보, 이를 걸러내지 못하는 언론사 시스템의 결함'이라 할 수 있다. 부정확성은 언론사뿐 아니라 어느 개인이나 조직에도 있을 수 있다. 그래서 사실과 다른 점을 바로잡는 일이 더 중요하다. 그것도 언론이 좋아하는 '신속하고 정확하게' 말이다. 그런데 오보를 대하는 태도와 인식이 닫혀 있는 우리 언론의 현실은 매우 안타깝다. 무결점과 무오류의 우상, 우리 언론이 그걸 깨뜨릴 때가 언제쯤 올까?

3부

파병과 조국

파병의 관문
캠프 버지니아

2005

2005년 9월 어느 날 밤, 성남 비행장에서 나는 민항기 특별기를 타고 해외파병 길에 올랐다. 자이툰 부대 3진 정훈공보참모로서 임무를 수행하기 위해서였다.

비행기는 고비사막 상공을 지나 11시간 비행 끝에 쿠웨이트 공항에 도착했다. 햇볕이 쨍쨍 내려쬐는 한낮이었다. 처음으로 접한 중동의 열기, 그건 아주 건조하면서 뜨거웠다. 내 얼굴은 쏟아진 햇볕으로 익는 듯했고, 후끈거리는 열기가 코 안 깊숙이 달려들어 코털을 뻣뻣이 말려버렸다. 모래 색깔의 사막군복과 머리에 쓴 방탄모도 순식간에 뜨거워졌다. 직사

광선을 받고 있는 군복, 팔과 다리의 피부로 전해지는 독특한 뜨거움, 중동의 첫 느낌이 아주 강렬히 내 온몸에 퍼졌다. 시작이구나. 우린 말없이 땡볕 아래서 전투식량을 먹었다. 그러고는 얼마 후 도착한 미군 버스를 타고 파병의 첫 관문으로 향했다.

캠프 버지니아(Camp Virginia). 사막 한가운데 세워진 미군 캠프다. 테러 방지를 위해 외곽은 콘크리트 방벽으로 둘러쳐져 있고, 캠프 출입지역은 출입문까지 장애물이 지그재그로 엇갈려 놓여 있었다. 거기를 거쳐 신분확인 절차와 검문검색대를 통과해 안으로 들어갔다. 광활한 사막에 임시 건물들이 죽 늘어서 있었다. 하나의 도시처럼 보였다. 얼마를 가자 태극기가 햇볕을 받으며 바람에 흔들리는 건물이 나타났다. 자이툰부대를 지원하는 파병지원단이었다. 사막 한가운데서 휘날리는 태극기를 보니 반가우면서 가슴이 뭉클했다. 우리는 게스트하우스와 야외천막에 짐을 풀었다.

이라크로 파병되는 미군, 한국군, 영국군, 프랑스군, 폴란드군, 그루지아군, 일본 자위대 등 각국 파병군인과 지원요원들이 이곳을 거쳐 바그다드, 모술, 아르빌, 키르쿠크 등에 위치한 각 주둔지로 이동했다. 그리고 임무를 마친 인원들은 다시 이곳으로 와서 잠시 머물다 본국으로 돌아갔다. 캠프에는 군수물자지원시설, 식당, 병원 등이 구비되어 있었다. 이라크 파병부대를 위한 지원시설이자 파병의 첫 관문이요, 가족의 품으로 돌아가는 귀국의 길목인 셈이었다.

자이툰부대 장병들도 군용기로 1시간 30분 정도 떨어진 이라크 북부 아르빌에 위치한 주둔지를 오가는 과정에서 2, 3일 동안 그곳에 머물렀다. 귀국으로 한껏 들뜬 장병들은 미군 식당에서 풍족한 식단을 즐기고, PX에서 선글라스, 손전등, 배낭, 티셔츠, 모자 등 선물을 사며 여유로운 시간을 보냈다. 반면 현지로 가는 파병장병들은 그곳에서 중동의 거센 모래바람과 섭씨 50도가 넘어 숨이 막히는 사막의 뜨거운 열기를 처음 체험하며 파병 생활을 몸과 마음으로 준비했다.

짐을 풀고 미군 식당으로 갔다. 식당의 규모가 어마어마했다. 음식의 종류도 다양했다. 저녁을 배불리 먹고 숙소로 돌아왔다. 숙소 에어컨이 웽웽거리며 세차게 돌아갔다. 피로 때문인지 깜빡 잠이 들었다. 얼마나 지났을까? 잠이 깼다. 시차 때문이었으리라. 문을 열어보니 가로등 불이 켜져 있고 주위는 캄캄했다. 밖으로 나갔다. 낮과는 딴판으로 아주 시원했다. 하늘을 쳐다보니 별들이 총총했다. 사막의 첫 밤, 별이 빛나던 그 밤, 잊을 수 없다.

사막의 별이 그렇게 많고 밝은지, 사막의 밤이 그토록 시원한지 처음 알았다. 물론 사막의 뜨거운 열기와 모래바람도 처음이었지만.

캠프 버지니아. 파병 생활의 첫 관문이었던 그곳은 아주 강렬한 인상으로 내 기억에 남았다.

●

아르빌로
날아가다

2005

　　"부아앙. 앙 앙 아~앙." 고막을 두드리는
소리가 쉬지 않고 들려왔다. 방탄모의 턱끈을 단단히 조여서
인지 이마와 관자놀이 쪽이 답답하고 머리가 지끈거렸다. 벌
써 한 시간 반째. C-130은 착륙할 기미를 보이지 않았다.

　　언제 아르빌에 도착하지? 휴, 너무 지겨웠다. 거기다 우리
는 서로 빈틈이 없었다. 누군가의 살이 내 살에 맞닿은 채 한
시간 반 이상을 지내본 적이 있는가? 연인도 아닌 누군가의
살과 말이다. 그것도 마주보게 줄줄이 앉아서 시선 처리조차
곤란했다. 의자는 알루미늄 섀시에 넙적한 섬유밴드를 얼기

설기 엮어 만든 것이었다. 이따금 엉덩이를 들썩여주지 않으면 자국이 날 판이었다. 그걸 좀이 쑤신다고 하는 것이리라.

그런 상태에서 우리는 서로 어깨를 부딪치지 않으려 애썼다. 한 사람 건너 몸을 앞으로 숙이거나 뒤로 기댄 채 눈을 감고 그 시간을 견뎌야 했다. '아르빌이여, 어서어서 나타나시라.' 머릿속은 온통 아르빌 생각뿐이었다. 한 번도 가보지 않은 어딘가를 이토록 그리워한 적이 있던가? 당시 아르빌은 그 고통스런 상황을 일거에 해결해줄 해방구 같은 곳이었다.

육사 4학년 생도 시절. 서울 미사리 상공. "강하 5분 전, 생명줄 걸어!" 공수교관이 소리쳤다. 우리는 C-123 수송기 문을 향해 일어서서 머리 위 쇠줄에 낙하산 생명줄 고리를 걸었다. "강하 1분 전." 맨 앞 생도가 문에 섰다. "강하!" 교관의 날카로운 목소리가 들렸다.

"두두두." 열린 비행기 문을 향해 달려가는 동기생들의 전투화 뒷굽이 비행기 바닥에 부딪치는 소리가 들렸다. 내 몸도 앞으로 앞으로 나갔다. 문에 선 동기생이 순식간에 하늘로 사라졌다. 내 차례. 문에 서 창공을 향해 힘껏 뛰는 순간, 누군가 등에 멘 내 낙하산을 힘껏 밀었다. 공중으로 날아간 몸이 빠르게 뒤로 밀리면서 '휘이익' 바람 소리가 들렸다. 순간적으로 검은 물체가 눈에 스쳤다. 나중에 생각하니 그게 비행기

동체 뒷부분이었던 것 같다.

아, 그 순간, 내가 무언가를 까먹고 있다는 생각이 불현듯 들었다. 공수훈련을 받으며 수십 번 반복했던 "일만, 이만"이라고 소리치는 걸 잊은 것이다. 비행기에서 창공을 향해 뛰자마자 "일만, 이만, 삼만, 산개검사"라고 외치고 위를 쳐다보며 낙하산이 펴지는 것을 봐야 했는데 잊은 것이다. 놀라서 머리 위를 쳐다봤다. 그 순간 얇은 국방색 빛깔의 낙하산이 후두둑하고 펴지는 게 아닌가. "야호, 살았다."

낙하산이 펴지니 비로소 발아래 풍광이 눈에 들어왔다. 푸른 산, 유장한 한강의 물줄기. 동기생들이 하늘에 둥둥 떠서 아래로 내려가는 모습이 정겨웠다. 상쾌하고 신났다. 오른쪽 낙하산줄을 당기니 몸이 오른쪽으로, 왼쪽으로 당기니 왼쪽으로 돌았다. 재미있었다.

지상에 도착하기까지 앞으로 1분. 연막이 피어오르는 착지 장소가 저 멀리 발아래로 보였다. 줄을 잡아낭겨 이리저리 방향을 틀어가며 그곳을 향해 내려갔다. 한여름이지만 얼굴에 부딪치는 바람이 정말 시원했다. 안전과 통제력이 확보되니 하늘을 나는 게 그렇게 신날 수 없었다. 게다가 정말 편안했다. 10시간이라도 매달려 있을 수 있겠다 싶었다. 하늘을 나는 재미도 잠시, 지상이 가까워졌다. 착지 준비를 했다. 다리를 모으고 무릎을 살짝 구부렸다.

발끝을 아래로 향하게 해 땅에 먼저 닿도록 했다. 정면을 보고 아래로 내려갔다. 몸에 힘을 빼고 좌우 낙하산줄을 힘껏 아래로 당겼다. 낙하속도가 줄었다. 발끝이 땅에 닿는 느낌이 드는 순간 오른쪽으로 몸을 굴렸다. 지상에 무사히 도착한 것이다. 처음 하늘을 난 경험은 말 그대로 하늘을 나는 기분이었다. 정말 최고였다.

착륙 10분 전. C-130 창문 틈으로 도시가 보였다. 아르빌이었다. 비행기가 심하게 뒤틀렸다. 전술비행이 시작된 것이다. 지상의 적대세력이 비행기를 향해 쏠 수도 있는 대공포를 피하기 위해 좌로 우로 위로 아래로 비행기가 요동을 치며 날았다. 내 배도 같이 요동쳤다. 속이 메스꺼워왔다. 침을 꼴깍 삼키며 이리저리 휩쓸리는 몸을 가누려고 어깨에 멘 안전벨트를 두 손으로 꽉 잡았다. "조금만 참자. 다 왔다. 드디어 아르빌이다." 나는 속으로 중얼거렸다. 드디어 비행기가 착륙했다. 서울에서 7127킬로미터 떨어진 곳이다. 낙하산을 타고 내릴 때와는 180도 다른 최악의 기분이었지만 무사히 안착한 것이다. 그게 어딘가.

아르빌. 그토록 빨리 도착하고 싶었던 아르빌에 온 것이다. 문이 열리고 줄줄이 비행기에서 내렸다. 공항 콘크리트 바닥에 발을 내딛는 순간 아르빌의 뜨거운 공기가 온몸으로 확 달려들었다. 그것마저 반가웠다. 일단의 장병들이 죽 늘어서 우리를 향해 박수를 쳤다. 그들은 우리가 방금 내린 비행기를 타고 캠프 버지니아로 가 며칠간 대기하다 귀국하는 2진 장병들이었다. 그들의 표정이 아주 밝았고 들떠 있었다. 그리운 가족의 품으로 돌아가게 됐으니 얼마나 신나겠는가. 나도 9개월 후 그런 표정으로 거기 서게 되었고, 왜 그들이 그렇게 즐거워했는지 알게 되었다.

마중 나온 장교가 와서 인사를 했다. 그의 안내를 받아, 사막색을 칠하고 옆에 'We are friends'라고 쓴 지프차를 타고 자이툰부대로 향했다. 한 마을 어귀에 다다르자 아이들이 손을 흔들며 따라왔다. 낡은 흙벽 아래 옹기종기 모여 앉은 어른들도 우리에게 손을 흔들어줬다. 쿠르드족 자치주인 아르빌 주민들과의 첫 만남이었다. 그들은 아주 선해 보였다. 처음 본 크고 까만 이라크 아이들의 눈망울이 전술비행의 고통을 송두리째 앗아갔다.

자이툰부대의
밤하늘

2005-2006

　　　자이툰부대가 주둔한 캠프는 아르빌 시
내에서 차로 20분 거리인 시 외곽지역에 있으며 과거 미군이
주둔했던 곳이다. 총 면적 100만 평, 둘레 5킬로미터 정도다.
황량한 벌판에 500여 동의 아이솔 건물과 15동의 에어돔 건
물이 배치됐다. 전체 캠프가 내려다보이는 자이툰 OP를 기
준으로 바로 앞에 사단사령부가 위치했고, 그 앞으로 사단식
당, 교회, 이슬람 사원, 체육관, 민사지원본부, 그 너머에 11여
단과 12여단, 자이툰기술교육센터가 있었다.

　식당을 끼고 도는 길을 따라 정문으로 가다 보면 좌측에 방

문자 숙소인 게스트룸, 우측으로 군수지원단, 더 내려가면 좌측에 자이툰 병원과 KOICA 건물, 아르빌 회관, 외환은행 아르빌 지점이 있었다. OP 바로 뒤는 자이툰 공원이었다. 모두 임시건물로 건축되었는데 사무실과 숙소는 아이솔로, 식당과 정비공장 등 큰 건물은 돔 형식의 천막으로 만들어졌다. 도로는 콘크리트와 아스팔트로 포장되었고, 건물 주변은 강에서 채취한 작은 돌들을 깔아놓았다.

건물들은 자이툰 1진이 전개하기 전에 민간 기술진이 건축했지만 도로포장, 경계시설 보강, 내무반 주변 환경 조성 등 세세한 것은 자이툰 1진 전개 후 이들 손으로 완성되었다. 1진은 건물과 도로 등 하드웨어를 건설하고 맨땅에서 현지인과의 인적 네트워크, 민사재건작전 프로그램과 노하우를 개척한 이라크 파병의 프런티어였다. 나의 첫째 아들이 그 1진이었다는 사실을 나는 늘 자랑스럽게 생각하고 있다.

자이툰부대 파병 초기 제일의 목표는 안전이었다. 참여정부에서 이라크 파병은 힘든 결정이었다. 파병을 앞두고 김선일 피랍과 참수 사건이 발생했다. 파병은 상당 기간 지연됐다. 안전을 보장할 수 없는 파병에 국민의 우려가 컸기 때문이다.

자이툰부대는 부대방호와 안전을 위해 외곽에 깊이 3미터의 해자(물은 없었다)를 만들어 적대세력의 차량폭탄테러에 대비했고, 철책을 둘러 인원의 접근을 막았다. 철책 주요 지점에는 초소와 감시카메라를 설치하고 24시간 감시했다. 적의 소총과 기관총, 포탄 파편으로부터 방호되도록 모래를 넣은 헤스코(Hesco) 방벽이 내무반 주변을 감쌌고, RPG-7이나 박격포 공격 시 대피할 수 있는 콘크리트 방호시설이 곳곳에 있었다.

이러한 부대방호 외에도 개인방호를 위해 대외활동 간에 방탄복과 방탄헬멧을 착용하고 실탄을 항상 휴대했다.

아르빌 시내에서 자살폭탄 테러가 발생하기도 했고, 캠프가 RPG-7 공격을 받기도 했다. 하지만 자이툰 장병 희생자는 발생하지 않았다. 완벽한 방호 덕분이었다.

사단장과 참모 집무실과 숙소는 자이툰 OP 바로 밑에 있었다. 참모인 나는 조그만 아이솔 건물 한 동의 반을 사용했는데 그중 3분의 2는 사무실, 나머지는 숙소로 썼다. 외부인이 볼 수 있는 출입문 바깥쪽에는 'WE ARE FRIENDS'를, 파병 활동을 나가면서 볼 수 있는 안쪽에는 '당신이 대한민국입니다'라고 쓴 스티커를 붙여놓았다. 부대를 방문하는 현지인들에게 친구임을 강조하고, 자이툰 장병 스스로는 국가를 대표해 이곳에 와 있다는 자부심을 높이기 위한 것이었다.

자이툰 식당은 장병들이 식사 때마다 방문하는 곳이고 주요 행사가 있을 때 모이는 공간이었다. 그래서 2004년 12월 노무현 대통령이 부대를 방문해 장병들과 찍은 사진을 60미터 길이의 대형 천막에 인쇄해 걸어놓았다. 현지에서는 그런 인쇄 능력이 없어 국내에서 만들어 교대병력을 통해 공수했다. 식당 문을 들어서면 대형사진이 방문하는 이를 맞았다. 장병들에게는 자부심을 주고, 방문객들에게는 부대 이미지를 홍보하는 명물이었다. 외부인이나 귀국을 앞둔 장병들이 그 대형사진 앞에서 기념사진을 찍고는 했다.

캠프에서는 뱀과 전갈이 가끔 발견됐다. 뱀은 퇴치 노력으로 자주 보이지 않았지만 이따금 사막 뱀을 잡았다는 소식이 아침 상황보고에 경각심 차원에서 공지되기도 했다. 전갈은 자주 목격됐다. 한번은 어둑어둑한 저녁에 30여 미터 떨어진 샤워장에 슬리퍼를 신고 씻으러 가는 길에 내 발 바로 앞으로 지나가는 전갈을 보았다. 꼬리를 치켜든 전갈은 기세가 등등했다. 손전등을 비추고 가지 않았다면 언제든 공격할 태세를 갖춘 전갈을 밟았을지 몰랐다. 지금 생각해도 가슴이 서늘하다.

봄에는 야생꽃들이 피었다. 빨갛고 노란 원색의 꽃들이 꽃대를 내고서야 꽃잎이 나왔다. 짧은 봄에 어서 벌과 나비를 유혹해 후손을 번식하려는 자연의 섭리리라.

캠프 주위로 친 철책 안쪽으로는 차량이 지나다니는 흙길이 나 있었다. 오후 4시가 되면 거길 뛰거나 걸었다. 때로는 사단장님 일행과 걷기도 하고 때로는 우리 참모부 간부들과 걷기도 했다. 5킬로미터 남짓한 그 길을 돌면서 봄꽃을 구경하던 일, 일직사령 임무를 맡은 날 초소를 방문하며 까만 밤하늘에 빛나는 별을 보던 추억이 새롭다. 공해가 없는 이라크 아르빌의 밤하늘은 정말 맑고 깨끗했다. 그래서 별도 유난히 빛났다.

외부인이 볼 수 있는 출입문 바깥쪽에는 'WE ARE FRIENDS'를,
파병 활동을 나가면서 볼 수 있는 안쪽에는
'당신이 대한민국입니다'라고 쓴 스티커를 붙여놓았다.
부대를 방문하는 현지인들에게 친구임을 강조하고,
자이툰 장병 스스로는 국가를 대표해 이곳에 와 있다는
자부심을 높이기 위한 것이었다.

●

쿠르드어 통역관
알리

2005~2006

자이툰 장병들은 이라크 북부 아르빌에
서 활동했다. 이곳은 쿠르드인(Krudish)들이 살고 있는 지역이
다. 쿠르드족은 쿠르디스탄(Krudistan)이라고 불리는 터키의
아나톨리아 반도 동남부와 이란, 이라크, 시리아 접경지역 30
만 제곱킬로미터에 퍼져 있다. 인구는 약 3200만 명으로 국
가를 가지지 못한 민족 중 가장 많다. 그 수가 중동에서 아랍
인, 이란인, 터키인 다음이다. 종교는 대부분 이슬람 수니파
이고 언어는 인도유럽어족 이란어파에 속하는 쿠르드어를
독자언어로 사용한다.

쿠르드족은 제1차 세계대전에서 오스만제국이 지고 영국과 프랑스가 자의적으로 국경선을 그음으로써 터키에 1500만 명(45%), 이란에 800만 명(24%), 이라크에 500만 명(18%), 시리아에 200만 명(6%), 나머지는 유럽에 거주하게 됐다. 이들의 오랜 희망은 쿠르디스탄에 독자 정부를 수립하는 것이다. 하지만 터키, 이라크, 이란, 시리아는 이를 억압했다. 이라크 독재자 후세인은 걸프전에서 쿠르드족이 미군에게 협조했다는 이유로 화학무기(독가스)를 사용해 할랍자 마을에서만 민간인 5000명을 집단 학살하는 만행을 저질렀다.

2003년 후세인을 축출한 미군은 이라크 북부 아르빌, 슐레이마니아, 다훅 3개 주를 통치하는 쿠르드 자치정부(Kruds Regional Government, KRG)를 허용했다. 대통령은 쿠르드민주당의 마수드 바르자니, 총리는 그의 조카 니체른 바르자니다. 2005년에는 따로 이라크 중앙정부 초대 대통령에 쿠르드애국동맹(PUK) 잘랄 탈라바니가 제헌의회에서 선출되었고, 재선을 거쳐 2014년까지 자리를 지켰다.

파병 당시 우리의 현지 활동을 도운 알리는 쿠르드족으로 바그다드 대학교 영문과를 졸업한 인재였다. 그는 자이툰부대가 전개한 직후부터 우리 부서에서 통역관으로 일했다. 아랍어와 영어에 능통한 그는 우리와 현지인을 연결하는 통로

역할을 했다. 그는 한국에서 파병된 우리 아랍어 통역 여군무원과 호흡을 잘 맞췄다. 우리가 한국어로 말하면 여군무원이 아랍어로 통역하고 이를 알리가 쿠르드어로 통역하는 방식으로 소통이 이루어졌다. 영어로 말하면 알리가 바로 쿠르드어로 통역하기도 했다.

현지 언론을 통해 자이툰부대의 활동상을 알려 긍정적 여론을 조성해야 했던 우리는 현지 방송사와 신문사를 수시로 방문하며 언론인들과 친분을 쌓았다. 때로는 그들을 부대로 초청하여 부대 현황을 설명하고 식사도 함께했다. 그때마다 알리는 내 곁에서 귀를 쫑긋 세우고 수첩에 메모하며 나를 도왔다. 통역 여군무원은 아랍어에 능통했고 아랍어를 쓰는 현지인을 만나면 바로 통역해주었다.

알리의 한 달 급료는 300달러 정도였다. 수당까지 합하면 400달러는 됐다. 현지 학교 교사가 40에서 50달러 정도였으니 봉급이 꽤 높은 편이었다. 그는 한국을 무척 동경했다. 지독한 가난에서 벗어나 한강의 기적을 이룬 한국, 가난한 그들에게는 꿈의 나라였다. 나는 이런 한국을 이라크에 제대로 알리자는 취지에서 한국언론재단과 협조해 이전에 없던 현지 언론인 국내연수 프로그램을 계획하고 추진했다. 그들은 일주일 정도 한국에 머물며 우리나라의 발전된 모습을 보고 현지로 돌아가 기획보도를 했다. 현지 언론인이 한국에 올 때마다 알리가 그들과 함께 한국을 다녀갔다.

2006년 이라크에서 귀국하여 육사에 근무할 때다. 현지 언론인들이 2005년에 이어 두 번째로 국내연수를 온다는 소식이 들렸다. 그래서 이들을 육사로 초대했다. 육사 화랑연병장에서는 주말마다 사관생도들이 화려한 예복을 입고 한 주를 되돌아보고 다음 주를 계획하는 자치 화랑의식이 열린다. 이 의식을 보게 하고 생도대도 방문하고, 승마대에서 말도 타보게 했다. 깜짝 이벤트도 준비했다. 이들이 도착할 때 군악대로 하여금 신나는 쿠르드 민속음악을 연주토록 한 것이다. 낯선 한국 육사에서 귀에 익은 그들의 음악이 들리자 너나 할 것 없이 차에서 내리며 덩실덩실 춤을 췄다. 마중 나온 나를 발견하고는 환한 미소를 지으며 달려와 얼싸안았다.

시내 한식집에서 저녁을 먹을 때도 우리 음악과 쿠르드 음악을 번갈아 담은 시디를 틀어줬다. 식사 내내 그들의 얼굴에서 함박웃음이 끊이지 않았다. 중동의 집시, 쿠르드족이 서울에서 행복해하는 모습을 보니 나도 기뻤다. 그날 알리는 내게 손으로 짠 양탄자를 선물로 주었다. 알리는 그 후에도 한국을 한 번 더 다녀갔다. 도합 세 번을 다녀간 것이다. 그 뒤로 꽤 오래 시간이 지난 어느 날 이메일이 왔다. 한국에 와서 취직을 하고 싶다는 것이었다. 하지만 여러모로 어려운 점이 많아 이루어지지 못했다.

그 후로 한동안 소식이 뜸했던 그가 한국으로 돌아와 대학 교수가 된 여군무원 통역관을 통해 이라크 현지에 진출한 한국기업에 취업하고 싶다며 추천서를 써달라는 부탁을 해 왔다. 기쁜 마음으로 성심껏 추천서를 써줬다. 한국기업에 들어가지는 못했지만 지금 국제기구에 취직해 근무하고 있다.

지금도 나는 알리와 가끔 이메일과 페이스북으로 소식을 주고받는다. 그는 나와 자이툰의 친구다.

●

권총을 차고
기자를 만나다

2005-2006

나는 수시로 현지 언론사를 방문했다.

그때마다 만일의 사태에 대비해 10킬로그램 무게의 방탄복과 방탄헬멧을 착용하고 권총에 실탄 열 발이 든 탄창을 삽탄한 채 갔다. 열 발들이 탄창 한 개는 따로 지참했다. 나와 공보장교, 통역관을 태운 지프차 앞뒤로 소총과 기관총으로 무장한 10여 명의 경호팀이 방탄장갑차를 타고 경호했다. 시내에서 건물까지 도보로 이동할 때는 경호요원들이 도로 좌우에서 차량이동을 통제하고 근접경호원 2명이 나를 따랐다. 모두 최정예 특전요원들이었다.

이렇게 무장한 상태로 언론사를 방문하고 그들과 대화하는 것이 이상하게 보일 만도 하다. 하지만 테러 위협이 상존하는 이라크에서는 누구도 신경 쓰지 않는 아주 자연스러운 풍경이었다. 현지 언론인들도 거부감 없이 받아들였다.

그런데 이런 언론 접촉 방식에는 많은 위험요소와 번거로움이 있었다. 그래서 나는 현지 언론인을 상대로 정례 브리핑을 시행하기로 했다. 정승조 사단장님은 브리핑 필요성에 대한 나의 설명을 듣고 흔쾌히 승인했다. 기자들의 접근성과 부대 안전을 고려하여 캠프 정문 인근에 50여 명의 기자가 취재할 수 있는 브리핑룸을 설치했다.

매주 1회 정례 브리핑을 했다. 첫 브리퍼는 민사지원본부장(대령 신경수, 후일 육군 소장으로 진급해 현재 미국 국방무관으로 근무)이었다. 자이툰부대가 추진하고자 하는 민사재건 작전의 예산과 투입 내역, 기간 등이 상세히 설명되었다. 기자들의 질문에도 답했다. 이후 캠프 내에서 현지인들의 기술교육을 담당하던 기술교육센터(중장비 운전과 정비, 제빵기술, 컴퓨터 교육)에 대한 현장 취재, 첨단의료장비와 친절한 진료로 현지인들로부터 사랑받은 자이툰 병원 방문과 우리 의료진과의 인터뷰 등이 실시됐다.

현지 언론은 자이툰 부대의 적극적인 공보 활동에 크게 호

응했고, 긍정적인 보도를 많이 했다. 내가 언론을 상대로 자이툰의 민사재건 활동을 자세히 설명한 데는 특별한 이유가 있었다. 쿠르드 지역은 쿠르드민주당 기반의 바르자니 일가가 통치하는 사회로 부정부패가 잔존하고 있었다. 민사재건을 위해 투입되는 예산과 계획을 현지 주민들이 언론을 통해 알게 되면 부정부패를 막는 눈을 가지지 않을까 생각했다.

정례 브리핑 시행 후에도 나는 권총을 차고 언론사를 방문하는 횟수를 줄이지 않았다. 그렇게라도 언론과 자주 만나야 한다고 생각했다. 자주 만나면서 이들을 한국에 보내 한국을 직접 보고 취재하여 이곳에서 보도하게 한다면 부대 차원의 홍보를 넘어 국가 차원의 홍보가 가능할 것이고 우리의 기업 진출에도 도움이 될 것이라 생각했다. 이에 따라 예산을 반영해 이들의 국내연수프로그램을 기획하여 추진했다. 홍보 효과를 높이기 위해 한국 취재에 관심 있는 현지 언론으로부터 기획취재보도 계획안을 제출하도록 했고 우수안을 제출한 언론사를 우선 선정했다. 이 과정에서 대통령 대변인 샤핀 디자이와 긴밀히 협력했다. 그들을 부대로 초청해 논의했고, 현지 기자들과 간담회를 가졌다.

이런 과정을 거쳐 2006년 초 대통령 부대변인 이브라힘 하산을 단장으로 세워 첫 방한 이라크 기자단 10여 명이 편성됐다. 현지 매체 담당 공보장교 서우석 대위가 총책임자로 한국을 같이 돌아봤다. 이때 한국언론재단에서도 적극적으로 협조했다. 국방부 대변인실 공보과 총괄장교로 근무할 때 알게 된 연수팀 관계자 덕분이었다. 나는 아르빌 공항 입국장과 출국장에서 이들을 환영하고 환송했다. 그들이 한국을 다녀와서 수회에 걸쳐 보도한 기획 기사를 일일이 확인했다. 결과는 성공적이었다.

누가 보면 권총을 찬 군인과 현지 언론인과의 만남은 아주 어색하고 부자연스러울 수 있다. 거기다 한국어를 영어나 아랍어로, 이를 다시 쿠르드어로 통역해야 비로소 소통할 수 있는 언어 환경이 우리를 더욱 소극적으로 만들 소지가 있었다. 하지만 자이툰 공보는 현실을 박차고 나갔다. 현지 언론과 KRG 정부, 아르빌주 공보 관계자들과 마음을 터놓고 이해하고자 성심을 다했다.

언론과 공보실에 컴퓨터와 카메라 등의 장비를 공여했고, 기자들을 부대로 초청해 친목을 다지고 국내에서 준비해 간 선물을 손에 쥐어줬다. 부대는 스스로 주간 자이툰 신문을 만들어 현지인들에게 배포했고 부대 소개 영상을 자체 제작해 방문하는 현지인, 미군을 비롯한 동맹군, 한국에서 온 고위 관계자, 공무원, 외교관, 군인, 교수, 부모, 기자 등을 상대로 상영했다.

영상을 본 현지인과 동맹군은 최고라며 엄지손가락을 치켜들었고, 한국인들은 감동의 눈물을 흘렸다. 한국전쟁의 폐허에서 한강의 기적을 일으킨 우리나라의 발전상과 그 DNA를 물려받은 아들딸들이 척박한 이곳 이라크 땅에 와서 그들에게 큰 희망이 되고 있다는 사실이 가슴을 뭉클하게 했다. 눈물은 자부심과 대견함의 혼합물이었다.

되돌아보면 자이툰 근무는 군 생활 중 가장 보람 있는 시간 중 하나였다.

마수드 바르자니
대통령을 만나다

2006

　　　　　　나의 카운터파트는 마수드 바르자니 대
통령 대변인 사핀 디자이와 영어교사 출신의 부대변인(KDP 대
변인) 이브라힘 하산이었다. 이들과는 자주 만났다. 내가 그들
의 사무실을 가기도 하고 그들이 내 사무실에 오기도 했다.

　　사핀 디자이는 12살에 터키로 갔다가 영국에서 공부하고
귀국해 2003년 대통령 보좌관직을 거쳐 KRG 정부의 요직을
맡았다. 준수한 외모에 외국어 능력을 갖춰 대변인으로서 제
격이었고, 지금은 문화부 장관이다.

　　2005년 12월 말 한국 기자단의 현지 취재 계획이 잡혔다.

KBS, MBC, SBS, 세계일보 등 10여 명의 기자가 부대를 방문했다. 기자단에게 사전 공개를 안 하고 은밀히 바르자니 대통령과의 인터뷰를 추진했다. 대통령 대변인실이 협조 창구 역할을 했다. 그러나 대통령과의 인터뷰 일정은 좀처럼 확정되지 않았다. 애를 태우다가 출입기자단이 부대에 도착하기 직전에야 확정됐다. 그 소식에 우리는 박수를 치며 환호했다.

당시 자이툰부대는 학교와 보건소 건립, 물 부족 해소를 위한 우물 파기, 중장비 정비와 운전기술, 제빵기술, 컴퓨터와 한글 교육, 진료 활동 등의 다양한 민사재건작전을 통해 현지인들로부터 최고의 찬사를 받고 있었다. 그들은 "한국군은 신이 내린 최고의 선물", "쿠르드인에게는 산밖에 친구가 없는데 꾸리(코리안을 지칭하는 말)가 우리의 진정한 친구가 됐다", "다른 군대는 우리에게 폭탄을 줬는데 한국군은 선물을 준다"는 진심 어린 말을 해주었다.

이라크 아르빌 지역은 KRG 자치정부 통치하에 타 지역에 비해 치안이 안정돼 있었고, 자이툰부대 자금지원보다 훨씬 규모가 큰 한국국제협력단(KOICA)과 유엔의 지원을 받고 있어 나날이 발전했다. 그런 자금과 외국의 투자를 유치해 우리나라 버스터미널보다 못한 수준의 아르빌 공항을 국제공항으로 새로 짓고, 아르빌 구시가지 인근에 신도시 드림시티

(Dream City)를 만들겠다는 계획을 추진 중이었다. 또한 터키와의 국경지대인 다훅주 자코 지역 유전 개발과 터키에서 전기를 끌어다 써야 하는 전력 사정을 개선하기 위한 자체 발전시설 구비, 농업용수 해결을 위한 관개시설 신설에도 관심이 컸다.

이러한 기간산업과 더불어 소비도 급격히 증가하는 추세였다. 자동차, 에어컨과 휴대폰 등 전자제품이 많이 팔렸다. 거리에는 도요타, 닛산 등 일본차가 대다수였다. 영국은 아르빌 공항 신축사업에 눈독을 들이고 있었다. 자이툰부대가 소비하는 채소, 우유, 생수, 과일 등은 전부 인접국 터키에서 들여왔다. 터키는 지리적으로 유리한 점을 내세우며 다른 투자에도 관심을 높이고 있었다.

이런 사정을 잘 알고 중국 기업들이 대거 진출했다. 그래서 아르빌에도 예외 없이 중국산 짝퉁이 많았다. 삼성 에어컨인가 싶어 자세히 들여다보면 중국산 삼송(SAMSONG) 에어컨이었다. 자전거, 휴대폰도 마찬가지였다. 우리 예산으로 구매해 현지인에게 나눠주는 민사재건물품도 메이드인 차이나가 대부분을 차지했다. 자이툰부대가 여기에 와서 열심히 노력하고 있는데 정작 과실은 중국이 따먹는다는 생각이 들지 않을 수 없었다.

당시 우리 정부는 테러 세력에 참수된 김선일 사건을 겪으면서 이라크 진출에 상당히 신중을 기하고 있었다. 거기에 석유개발과 관련해 이라크 중앙정부와 KRG 자치정부 간 이익배분이 정리되지 않은 채였고, 터키 내 활동하고 있는 쿠르드 반군과 터키와의 문제도 예민하게 얽혀 있어 한국 기업은 쿠르드 지역 진출을 주저하는 분위기였다.

바그다드 한국 대사관 측도 이런 정부 분위기에 맞춰 그 이상 나아가려 하지 않았다. 하지만 자이툰부대의 입장은 좀 달랐다. 우리 장병들이 흘리는 굵은 땀방울이 그것으로 그쳐서는 안 되며 국익 창출로 이어져야 한다는 것이었다. 이에 취재진 대부분이 국방부 출입기자로 구성되었지만 기자들과 협의하여 국내 기업 진출 필요성을 환기시키는 경제 문제를 주요 어젠다로 삼기로 했다. 이를 위해 취재팀을 세 개로 나눴다. 1팀은 아르빌 시내 취재와 대통령 인터뷰, 2팀은 자이툰 장병의 민사재건작전 현장취재, 3팀은 드림시티와 아르빌 공항 등의 활력적인 개발 현장을 취재토록 했다.

나는 취재1팀과 함께 인파로 붐비는 아르빌 시내 취재를 하고 대통령 인터뷰를 위해 대통령궁이 있는 살라딘으로 갔다. 그런데 그날따라 그곳까지 가는 아르빌 시내도로가 꽉 막혔다. 평소에는 1시간 30여 분 거리였는데, 대통령과 약속한 시간보다 20여 분 지나서야 대통령궁 입구에 도착할 수 있었다. 우리를 기다리고 있던 부대변인 하산의 얼굴이 어두웠다. 하산이 내게로 와서 대통령이 기다리다가 다른 일정 때문에 출타를 했다며 기다려달라고 말했다. 그러면서 출입을 위해 취재진 검색이 진행됐다. 그러던 중 경호요원들이 대동한 수색견이 한 방송기자의 카메라 마이크 커버를 물어 훼손시키는 일이 발생했다. 그러자 기자가 소리를 지르며 거칠게 항의했다.

총을 소지하고 있는 경호요원들이 그를 빙 둘러쌌다. 기자는 아랑곳하지 않고 계속 목소리를 높였다. 하산과 우리 공보요원들이 중재하고서야 겨우 진정했다. 우리 공보요원들이 현장에 없었다면 상황이 어디로 튀었을지 몰랐다. 기자의 행동은 아주 돌발적이었다. 그 일이 벌어진 후 하산이 어디론가 가더니 대통령의 일정이 맞지 않아 인터뷰를 할 수 없다며 돌아갈 것을 요구하는 것이 아닌가.

우리는 아쉬웠지만 차를 돌려 자이툰 캠프가 있는 아르빌로 출발했다. 출발한 지 10분 정도 지났을 때쯤 하산이 우리 통역관에게 전화를 해 왔다. 대통령이 일정을 변경해 한국 기자단과 인터뷰를 하기로 했다는 연락이었다. 기자단은 모두 환호성을 질렀다. 나는 안도의 한숨을 쉬었다. 그때 나는 인터뷰 시간에 늦은 데다 검색 과정에서 벌어진 기자의 돌발행동 때문에 대통령 비서실과 경호실이 골탕을 먹이려고 한 게 아닌가 생각했다. 아니면 그쪽에서도 피치 못할 사정이 있었던지. 그 연유에 대해서는 하산이나 사핀 디자이에게 묻지 않았다.

우여곡절 끝에 취재진은 대통령궁에 들어갔다. 바르자니 대통령은 짙은 갈색의 쿠르드 전통복에 터번을 쓰고 반갑게 맞았다. 바르자니 대통령을 중심으로 빙 둘러 마주앉은 취재진을 향해 대통령이 입을 열었다. 자이툰 부대의 활동을 높이 평가하고 대한민국의 발전상에 대한 얘기를 먼저 꺼냈다. 우리 통역요원이 통역했다. 이어 대통령이 중대한 발언을 했다. 친구의 나라 한국에서 기업을 여기로 보내면 경제적 특혜를 주겠다는 것이었다. 내가 원했던 내용을 대통령이 직접 한국 언론을 향해 말하는 것이 아닌가. 순간 이거야말로 자이툰 공보의 큰 성과라는 생각이 들어 속으로 쾌재를 불렀다. 대통령의 이 말은 이라크 북부 지역의 활력적인 모습과 더불어 국내 주요 뉴스에 방송됐다. 지금 이 지역에는 많은 한국 기업이 진출해 있다.

공보 관계자는 언론으로부터 취재 요청을 받으면 이를 관련부서와 협조하고, 취재진에게 취재 편의를 제공하면서 현장 취재를 지원하는 수준에 그치면 안 된다. 기획된 핵심 메시지를 언론을 통해 여론 주도층과 공중에게 효과적으로 전달할 수 있도록 전략적으로 구상하고 한 치의 오차 없이 치밀하게 수행해야 한다.

나는 그때 공보장교로서 커다란 자부심과 보람을 느꼈다. 아무도 대통령과의 인터뷰를 생각하고 있지 않을 때 이를 생각해 추진했고, 해프닝이 있었지만 결국 인터뷰를 성사시켜 대통령의 입에서 우리가 원하는 메시지를 받아냈다.

그 과정에서 우리 자이툰 공보와 대통령 대변인실 간의 우정이 유감없이 발휘된 것도 결코 잊을 수 없다. 부대변인 하산은 이듬해인 2006년 2월에 방한 이라크 기자단 단장으로 선정되어 한국을 다녀갔다. 아르빌 공항으로 귀국할 때 그가 나를 힘껏 껴안았다.

그들과 우리 자이툰 공보요원과의 우정은 지금도 계속되고 있다.

한국군이 아니었으면
우린 시위를 했을 겁니다

2006

"한국군이 아니라 미군이나 영국군이었다면 우리는 부대 앞으로 몰려가 시위를 했을 겁니다." 자이툰부대가 주둔하던 이라크 북부 아르빌의 한 언론사 기자가 내게 한 말이다.

2006년 4월 어느 날, 아르빌 시내에서 민사재건작전을 마치고 귀대하던 우리 군용트럭이 오른쪽 백미러로 길 가던 행인을 치어 사망에 이르게 한 사고가 발생했다. 고인은 6명의 자녀를 둔 아르빌시 공무원이었다. 부대는 즉각 유족들에게 유감을 표하고 부인의 취업 약속과 선천성 병을 앓고 있던 어린 자녀를 한국으로 보내 치료해주기로 하는 등의 조치를 취했다. 그리고 현지 언론에 사고 발생 사실을 알렸다. 그러자 기자들이 의아해하며 물었다. "보도되기를 원해서 알려주는 것입니까?" 우리는 대답했다. "자이툰부대는 이라크 재건 지원을 위해 여기에 왔습니다. 하지만 오늘 그런 일을 하던 중에 유감스럽게도 이라크 시민이 사망하는 불의의 사고가 발생했습니다. 고인의 명복을 빌고 유족에게 애도를 표하면서 언론에 이 사실을 알리는 것입니다. 이는 공보실의 당연한 책임이자 의무입니다. 보도를 하고 안 하고는 언론의 몫이라고 생각합니다." 놀랍게도 어떤 언론사도 사망사고를 보도하지 않았다.

지금 대한민국 국군 1000여 명이 13개 나라에 파병되어 UN 평화유지활동과 다국적군 활동, 국방협력을 위해 굵은 땀방울을 흘리고 있다. 어깨에 태극기를 단 대한민국 대표들이다.

합참공보실장으로 근무하던 시절인 2010년부터 2012년까지 2년 동안 국방부 출입기자단을 대동하고 이들 대표들을 취재하기 위해 여러 해외파병부대를 다닌 적이 있다. 2011년 1월 아덴만 여명작전 직후 청해부대 최영함이 입항한 오만 무스카트항, 아프가니스탄 오쉬노부대, 아이티 단비부대,

UAE 아크부대, 레바논 동명부대 등등.

어느 나라를 가든 현지인들은 하나같이 우리 한국군을 '신이 내린 선물', '다국적군의 왕'이라며 칭송했다. 다른 나라 다른 작전 환경인데 어떻게 똑같은 반응이 나오는 것일까? 이유가 있었다.

미군을 비롯한 다른 외국군들은 민사재건작전을 군사작전과 같은 시각으로 본다. 민사물품을 나눠줄 때 헬기에서 밑으로 던져준다. 일정한 거리를 두기 위해서다. 하늘을 향해 두 손을 벌리고 아우성치는 주민들은 서로 밀치고 싸우며 떨어진 물건을 차지한다. 힘세고 운 좋은 사람만이 물건을 손에 넣을 수 있다. 차를 타고 가는 이는 길가에서 손 벌리며 따라오는 아이들에게 초콜릿이나 껌을 함부로 던져준다. 잽싸고 힘센 아이들 차지다. 적대감이 없어도 그들은 잠재적 위협세력으로 간주된다. 누구도 믿을 수 없기 때문이다.

그러나 한국군은 다르다. '우리는 친구다(We are friends)'라는 글귀가 새겨진 종이백에 물건을 넣어 두 손으로 공손히 건네고 악수까지 한다. 줄을 세워 골고루 나눠준다. 두 번 받는 사람, 못 받는 사람이 없도록 하기 위해서다. 이런 풍경은 해외파병 한국군 모든 부대에서 목격된다. 물론 위험요소가 충분히 관리되고 있다는 확신하에서 가능한 일이다.

현지인에 대한 '존중과 배려', '믿음', 거기에 걸맞은 '실천', 한국군 민사작전의 핵심이다. 우리 국군이 해외파병에서 칭송받는 비결이다. 2006년 이라크 아르빌에서 발생한 사망사고가 언론에 보도되지 않은 이유도 여기에 있었다. 말은 안 통해도 진심은 통한다.

사담 후세인의
의자에 앉다

2006

2006년 2월, 나는 바그다드 소재 이라크 주둔 다국적군 사령부(Multi-National Forces-Iraq, MNF-I)가 주최하는 다국적군 민사와 공보 관계자 회의에 초청받았다. 일전에 자이툰부대를 방문한 사령부 공보참모인 미군 여군 중령이 깊은 인상을 받은 게 계기가 됐다.

회의도 회의였지만 나는 바그다드를 가보게 됐다는 데 고무됐다. 현장감을 높이기 위해 동영상이 들어간 회의자료를 성심껏 만들었다. 기다리던 출발일이 밝았다. 통역장교 김 중위와 행정관 이 상사를 대동하고 바그다드로 향했다. 이라크 북부 아르빌에서 바그다드까지 직선거리는 321킬로미터. 사단장님은 회의가 있을 때 미군 헬기의 협조를 받아 바그다드로 곧바로 날아가고는 했지만 우리까지는 헬기 지원이 제한되어 쿠웨이트에서 바그다드로 가는 정기운항 미군 비행기를 이용해야 했다.

우리는 내 지프차로 아르빌 공항까지 가서 쿠웨이트행 우리 공군 C-130 수송기를 탔다. 4개월 만에 처음으로 아르빌을 벗어나는 것이었다. 그 사실만으로도 우리는 무척 즐거웠다. 2시간의 비행 끝에 공군 다이만부대에 도착했다. 이 부대는 쿠웨이트 주둔 대한민국 공군으로 자이툰부대와 다국적군의 공중수송지원 임무를 수행하고 있었다.

그곳에는 미군 BX(매점)가 있었다. 거기서 피자와 닥터페퍼 음료수를 샀다. "똑, 피식." 캔을 따자 갈색거품이 차올랐다. 얼른 입으로 가져가 한 모금 들이켰다. 달콤하면서 톡 쏘는 독특하고 진한 향기가 목을 타고 내려갔다. 쌓인 여행피로와 중동의 더위가 일순간 사라졌다. 닥터페퍼는 소령으로 진급해 미8군에서 근무할 때 처음 맛봤다.

꽤 오랜 시간을 기다렸다. 바그다드로 가는 미군 대형 수송기가 도착했다. 200여 명을 족히 태울 수 있는 비행기였다. 1시간 넘게 비행했다. 바그다드 공항 한편의 군용항공기 이착

류장에 내렸다. 일행은 다시 버스로 갈아타고 바그다드 미군 캠프로 들어갔다. 캠프가 설치된 곳은 후세인궁이 있는 곳이었다. 건물 곳곳에 총탄 자국이 그대로 남아 있었다. 미군과 이라크군 간의 치열했던 교전을 미루어 짐작할 수 있었다. 그중 물 한가운데 세워진 후세인궁과 연결된 작은 석교가 눈에 띄었다. 그 석교는 무언가에 맞아 중간이 꺾여 밑으로 내려앉은 채 방치되어 있었다. 아라비아 해에서 쏜 미군의 토마호크 미사일에 그렇게 된 것이라고, 우리를 안내하던 바그다드 연락장교가 일러줬다. 미군의 정밀타격 능력에 놀랐다. 장교는 놀란 표정의 우리를 보며 허리가 부러진 석교를 일부러 저렇게 놔두었다고 귀띔했다.

그곳에서 3일간 머물렀다. 도착 이튿날에 자이툰 활동상을 발표했다. 100여 명이 넘는 다국적군 관계자들이 참석했나. 발표를 마치고 영어 자막을 넣은 자이툰 영상을 보여주자 모두가 크게 박수를 쳤다. 자이툰이 다국적군 속으로 한 발짝 더 다가간 순간이었다. 그러고는 다국적군 사령부가 주둔한 후세인궁을 둘러봤다. 대리석으로 만든 궁은 아주 화려했다. 특이하게 궁 출입구 안쪽에 커다란 의자가 하나 놓여 있었다. 자세히 보니 사담 후세인의 의자였다. 한번 앉아봤다. 넓고 편했다. 등받이도 품격이 있었다. 그때 마침 다국적군

사령관(미군 대장)이 지나갔다. 그가 웃으면서 말했다. "It's my chair(내 의자입니다)."

미군은 다국적군의 이름으로 독재자 사담 후세인을 제거하고 새로운 중동 질서를 세우고자 했다. 빼앗은 후세인궁을 사령부로 쓰고 있는 사령관의 말은 농담이 아니라 진담이었는지도 모른다.

그곳에 머무는 동안 IED(급조폭발물) 공격이 끊이지 않는 바그다드 시내 외출은 금지되어 캠프 산책을 하며 보냈다. 그동안에도 미군 숙소 근처에 적의 로켓 공격이 있었다.

그때의 바그다드 여행은 미군의 승자적 인식과 능력을 실감한 것으로 만족해야 했다. 다시 가보고 싶은 바그다드. 언제 그 진면목을 볼 수 있을까? 어릴 적 내 머릿속에서 늘 양탄자가 날아다니는 상상의 도시였던 그 바그다드를⋯⋯.

특이하게 궁 출입구 안쪽에 커다란 의자가 하나 놓여 있었다.
자세히 보니 사담 후세인의 의자였다. 한번 앉아봤다.
넓고 편했다. 등받이도 품격이 있었다.
그때 마침 다국적군사령관(미군 대장)이 지나갔다.
그가 웃으면서 말했다. "It's my chair(내 의자입니다)."

아르빌의
봄꽃

2006

       이라크에 파병되기 전에는 그곳에도 봄
꽃이 있으리라는 생각을 못 했다. 출국 전에 이라크 하면 떠
올랐던 것이 사담 후세인, 이슬람, 테러, IED, 히잡, 뜨거운 중
동열기, 황무지, 모래바람이 전부였다.

  하지만 아르빌 주민들은 친절하고 호의적이었다. 아이들은
우리를 보면 멀리서도 손을 흔들며 달려왔다. 더러는 맨발로.
얼굴이 꼬질꼬질한 개구쟁이부터 화려한 옷을 차려입은 여
자아이까지. 모두 크고 예쁜 눈을 가지고 있었다. 그래서 더
천진난만해 보였다.

내가 아르빌에 첫발을 디딘 게 10월. 50도가 넘는 불볕더위가 기승을 부렸다. 에어컨이 돌아가는 컨테이너에 있다 바깥으로 나가는 순간 뜨거운 열기가 코로 훅 하고 들어왔다. 코털이 뜨거워지고 얼굴이 화끈거리는 게 느껴졌다. 숯가마가 있는 찜질방에 들어갈 때의 기분이었다.

11월이 지나가면서 생활하기가 좀 나아졌다. 그곳도 2월까지가 겨울이다. 1월 중 하루는 눈이 내리더니 기온이 0도까지 내려갔다. 그 정도면 현지 사람들은 얼어 죽기도 하는 날씨란다. 눈은 오자마자 금세 녹아버렸지만 열사의 땅에서 경험하는 눈 구경이 신기했다. 최전선 GOP 소대장 시절, 시도 때도 없이 내린 눈을 소대원들과 빗자루를 들고 밤새 쓸어야 했던 기억에 비하면 아르빌의 눈은 파병의 일상을 흔든 반짝 이벤트 같았다.

3월이 되니 비가 제법 왔다. 황량했던 땅에서 푸른 생명이 솟아올랐다. 그래서인지 쿠르드족은 3월 21일을 그들 일력으로 새해 첫날로 정하고 이를 '나우로즈'라 부른다. 이 시기면 자이툰 캠프 여기저기에 봄꽃이 만발하기 시작한다.

빨강, 노랑, 하양. 원색의 화려한 꽃들이 군락을 지어 피었다. 생전 처음 보는 야생꽃들이었다. 가만히 살펴보니 꽃대가 먼저 올라왔다. 봄에 일찍 피는 목련, 진달래, 개나리처럼. 현지인에게 그 이유를 묻자 봄이 짧은 이곳은 식물이 번식할 시간이 적어 빨리 원색의 화려한 꽃을 피워 벌을 유혹해 얼른 씨를 맺어야 하기 때문이란다.

역시 꽃이 피니 벌과 나비도 날아들고, 작은 새들도 곁에서 노래했다. 한국에 두고 온 가족들을 그리워하는 자이툰 장병들의 얼굴에도 생기가 돌았다. 삼삼오오 다니며 아르빌의 봄꽃을 추억에 담는 모습도 눈에 띄었다. 그래서 아르빌 봄꽃 사진전을 열기로 했다. 그곳 여건상 사진 인화가 어려워 CD로 출품하게 했다. 많은 장병들이 참여했다. 여러 장의 사진에 배경음악까지 담은 작품부터 자작시를 자막으로 넣은 작품까지, 열정들이 돋보였다. 우수작은 전 장병이 보는 앞에서 상영되었고, 그중 일부는 자이툰 화보에 실렸다. 아르빌의 봄꽃은 자칫 지루해질 파병 생활의 청량제가 되었다.

중동의 기혼 여성들은 대부분 검은색 원피스에 검은 히잡을 쓴다. 하지만 미혼 여성들은 흰색 옷과 히잡을 걸치고 어린 여자아이들은 화려한 옷을 입힌다. 눈이 크고 예쁜 여자아이들에게 원색의 화려한 옷이 아주 잘 어울렸다. 아이들은 아르빌의 봄꽃처럼 화사했다.

아르빌의 봄꽃을 생각하면 눈이 동그란 한 여자아이가 떠오른다.

민병대의 딸

2006

자이툰부대는 KRG 자치정부와 긴밀한 협력하에 이라크 북부 지역에서 파병임무를 성공적으로 수행했다. 아르빌 시내에서 차량폭탄 테러가 발생하고 적대세력이 자이툰 캠프에 RPG-7 로켓공격을 가하기도 했지만 2004년부터 2008년까지의 파병 기간 동안 단 한 명의 희생자도 발생하지 않았다.

그 비결에는 KRG 정규군인 페시메르가와 민병대 제르바니의 협조가 큰 역할을 했다. 페시메르가는 오스만제국이 무너지고 쿠르드족의 오랜 열망인 독립국가 건설을 위해 1920년

대 초 만들어졌다. 규모는 약 20만 명이며 이라크전에서 미군의 사담 후세인 생포작전을 도왔다. 2004년에는 오사마 빈 라덴의 연락책인 하산 굴을 생포해 빈 라덴의 위치를 찾는 데 기여했다. 현 KRG 대통령 마수드 바르자니의 아버지 무스타파 바르자니는 페시메르가의 지도자로서 독립투쟁을 했고 집권당인 쿠르드민주당(KDP)을 창당했다. 무스타파의 손자이자 현 대통령의 조카인 니체르반 바르자니가 총리를 맡고 있다. 바르자니 집안이 쿠르드족을 리드하며 페시메르가가 그 권력을 뒷받침하고 있는 것이다.

제르바니는 정규군 페시메르가를 돕는 민병대다. 그들은 경호와 경비 임무를 맡는다. 자이툰 캠프 출입문 경비와 민사재건작전 간 외곽경계, 차량이동 간 선두와 선미에서 길 안내, 교차로 및 위험지역 통과 시 교통통제를 담당했다. 선두 제르바니 팀이 교차로에 도착해 차량이동을 통제하면 우리 차량이 거기를 통과한다. 이때 후미에 있던 제르바니 팀이 선두로 나서고 교통통제를 하던 선두 팀이 후미에 따라붙는 식이었다. 불편을 겪는 상황에서도 현지 주민들은 우리의 이동에 잘 협조해줬고 손까지 흔들었다. 그렇게 해서 차량 테러 가능성을 제거하고 만일의 상황에서도 테러 세력과의 거리가 유지될 수 있었다. 민사재건작전 간에도 이들이 외곽경계를 담당했는데 길목과 건물 옥상에 배치돼 적대 세력의 직사화기와 곡사화기 공격 원점을 차단했다.

이런 임무를 수행하던 한 제르바니가 그의 딸을 부대로 자주 데려왔다. 일곱 살 정도 되는 아주 예쁘게 생긴 아이였다. 눈이 크고 코도 오뚝한 아이는 아버지에게 배웠다며 한국말도 제법 할 줄 알았다. 옷도 화려하게 입어 귀티가 났다. 하지만 아이 엄마가 없다는 걸 나중에서야 알았다. 병으로 일찍 죽었다고 했다. 쿠르드 아이들은 사진 찍기를 좋아한다. 함께 사진을 찍자고 하면 얼른 달려온다. 그 아이도 마찬가지였다. 한국에서 방문단이 오면 제르바니 아버지가 항상 아이를 데려왔다. 함께 사진을 찍자고 하면 멋진 포즈를 취해준다. 자이툰의 모델인 양 말이다. 아이는 그때마다 깜짝 이벤트로 "자이툰 쪼아요. 싸랑합니다, 대한민국" 하며 현지 억양이 섞인 한국말 솜씨를 뽐냈다. 그러면 방문단은 탄성을 지르고 박수를 치며 좋아했다. 인기 '짱'이었다.

그래서 자이툰 소개 동영상을 버전업하면서 그 아이가 "자이툰 쪼아요. 싸랑합니다, 대한민국" 하고 말하는 장면을 찍어 엔딩으로 썼다. 특히 한국에서 온 방문단은 백이면 백 자이툰 소개 동영상을 보고 나서는 감정이입이 되어 자신도 모르게 눈물을 흘리고는 했다. 그 순간에 서로 쳐다보기가 민망

한 면이 없지 않았다. 그런데 예쁘고 귀여운 아이의 모습으로 엔딩을 바꾸니 입가에 미소를 지으며 끝낼 수 있게 됐다.

그 아이는 지금쯤 18세의 소녀가 되어 있을 것이다. 자이툰이 세운 초등학교를 나와 고등학교를 다니고 있겠지? 아르빌 시내에 세운 자이툰 도서관에서 열심히 공부도 할 것이고…….

한국을 희망과 행복의 나라로 기억하고 있을 그 아이, 홀로 어린 딸을 키우며 우리를 돕던 아이의 제르바니 아버지, 그들이 꿈꾸는 세상이 꼭 오리라 믿는다.

4부

장군과
소년

●

율브리너
율브래너

1997

1997년 육군본부 공보과에 근무하던 소령 시절, 연합사에 을지훈련(UFL, 지금은 UFG) 훈련파견을 나갔다.

미군과의 첫 공보훈련이었다. 미군은 을지훈련(UFG)과 기리졸브훈련(KE/FE) 등 연합훈련 때가 되면 미국 본토로부터 훈련요원들을 한국으로 전개시켰다. 파견된 요원들은 예비역과 주방위군 소속 군인으로 훈련을 위해 한시적으로 오는 인원들이었다.

나는 연합합동보도본부(Combined Joint Information Bureau,

CJIB, 지금은 연합보도센터로 개칭)에 편성됐다. 연합합동보도본부
장은 미군 예비역 해군 대령으로 전역 후 민간방송사 사장으
로 지내던 중에 동원된 인물로 명쾌했고 한국 훈련요원들에
게 친절하게 대해줬다. 그는 이후에도 몇 차례 더 한국에 왔
고 그 덕분에 나와 세 차례 정도 같이 훈련했다.

첫해 나의 훈련 파트너는 우리 공군과 해군에서 파견된 공
군 소령과 해군 중위, 동원된 미군 공군 소령과 해병 대위, 연
합사 미군 장교 등이었다. 우리는 한국군 1명과 미군 1명이
한 조가 되어 교대로 24시간 근무했다.

미군의 공보훈련은 실전적이다. 각종 상황을 묘사한 미즐
(Master Scenario Event List, MSEL)과 실제 훈련 상황에 따라 보
도자료를 작성하고, 언론에 브리핑하고, 언론문의에 답하고
취재지원하는 방식으로 훈련이 진행된다. 훈련은 지휘관을
보좌하는 공보참모가 위치한 지휘소, 언론과 직접 접촉하며
공보 활동을 시행하는 CJIB, 언론을 묘사하는 모의기자 등 크
게 세 부분으로 나뉘어 실시된다.

공보참모는 상급부대와 지휘관 지침에 따른 공보지침
(Public Affairs Guidance, PAG)을 작성하여 각 공보부대(부서)
에 하달하고, 실제훈련 상황과 CJIB에서 보고되는 실시간
언론 상황과 언론 질문을 고려해 보도자료를 작성하거나

언론질의에 대한 답변을 작성해 CJIB에 알려준다. CJIB는 브리핑룸과 기자실을 운영하면서 언론에 사실을 설명하거나 질문에 답변하고 필요 시 현장취재지원을 협조한다. 이때 에스코트 요원들이 취재진과 동행하여 필요한 현장협조를 지원한다.

이 모든 것은 공보지침에 따라 이루어진다. 모의기자는 훈련 간 기자 행세를 하며 당국자에게 공보훈련을 시키는 역할을 담당한다. 언론브리핑 간에는 날카롭고 곤란한 질문을 해 브리퍼의 공보감각과 브리핑 기술을 단련시킨다. 수시로 언론이 제기할 만한 질문서를 만들어 CJIB에 요구한다. 이렇게 취재된 내용은 실제 전시 신문과 방송으로 만들어진다. 모의기자가 촬영한 영상은 미국 본토로 보내져 편집된 후 다시 한국으로 전송돼 연합사령관을 비롯한 전 훈련요원들 앞에서 상영된다. 전장 상황이 실감 있게 묘사된 영상은 전시지휘통제실과 훈련요원들로 하여금 더욱 생생하게 전쟁을 느끼도록 하는 효과가 있다. 이렇게 미군의 훈련은 실제적이다. 눈에 보이고 손에 잡히는 훈련을 한다. 명분과 말에만 매몰되지 않은 실용 군대의 모습이다.

미군과의 이런 훈련 경험은 내 군 생활 내내 군 공보훈련의 모델이 됐고, 합참공보실장 시절에는 한국군의 합동공보훈련을 체계화시키는 밑거름이 됐다.

첫해 연합훈련 파트너 중 미남자의 미군 해병 대위가 있었다. 그는 머리털이 하나도 없었다. 그야말로 민머리였다. 그와 어느 날 한 조가 되어 훈련을 하게 됐다. 미군 식당에 가서 함께 식사하고 커피를 한 잔씩 들고 사무실로 왔다. 이런저런 얘기를 나누다 갑자기 그가 영화 〈벤허〉에 나온 배우 율브리너를 닮았다고 말해주고 싶었다. 그래서 회심의 문장 하나를 날렸다. "You look like 율브리너." 미군 대위가 어안이 벙벙한 표정으로 "Pardon me?"라며 되묻는 게 아닌가. '어, 뭐지? 반응이 왜 이래?' 나는 다시 또박또박 말했다. "You look like 율-브-리-너." "What? I don't know, sir." 그가 못 알아들은 게 분명했다. 나는 얼른 〈벤허〉 영화를 얘기하면서 거기에 나오는 배우를 네가 닮았다고 주절주절 어렵사리 설명했다. 얘기를 다 들은 그가 무릎을 치며 하는 말, "Oh, 율브래너." (사실 〈벤허〉가 아닌 〈십계〉에 출연했는데 그래도 알아들었나 보다.)

나는 그때 또 한 번 영어에 좌절했다. 지금도 한국식 영어 발음을 못 알아듣는 외국인을 만날 때마다 그때 일이 떠오르고는 한다. 이후 나에게 배우 '율브리너'는 '율브래너'가 됐다.

그게 끝이 아니다. '율브래너'에 이어 영어 좌절은 또 있었다. 바로 미국 미주리대 저널리즘스쿨 연수 때였다.

미국으로
가다

2004

2001년 4월부터 1년 8개월간 국방부장관 연설문 담당관으로서 두 분의 장관 보좌를 마치고 국방부 대변인실 공보과 총괄장교로 자리를 옮겼다. 국방부 출입기자단의 취재협조와 국방 사안에 대한 언론브리핑이 주 임무지만 대변인과 공보과장을 보좌해 대변인실 전체 실무를 총괄하는 보직이었다.

2년 가까운 기간 동안 숱한 일들이 지나갔다. 너무 많은 일들이 지나가서일까, 아니면 하도 많이 치른 기자들과의 술전쟁 후유증 때문인가, 당시에 빼곡히 적었던 메모수첩에 의

존하지 않으면 기억이 가물가물하다. 라면박스 한 개 분량의 당시 기록들을 언젠가 맘먹고 한번 정리할 날이 있지 않을까 한다.

밤낮이 고되었던 대변인실 근무를 마치고 2004년 7월에 미국 미주리대 저널리즘스쿨로 6개월간 연수를 떠났다. 해군과 공군에서는 과거 동일 코스 연수를 다녀온 적이 있었지만 육군에서는 내가 첫 연수자였다. 전임자가 없고 선례도 이미 오래전이라 모든 걸 내가 학교 측과 직접 협조하고 확인해야 했다. 다행히 연수 중이던 기자와 이메일 연락이 되어 큰 도움을 받았다. 그 기자를 통해 박사 과정에 있는 후배 장교를 알게 되었고 그가 나의 초기 정착과 적응을 도와줬다. 참으로 고마운 친구들이다.

둘째는 고등학교 2학년이었는데 같이 가기로 했다. 미국에서 고등학교를 다니고 돌아와 다시 같은 학년으로 복학한다는 조건이었다. 미국 현지에서 체험하는 영어가 실력 향상에 도움이 되지 않을까 하는 생각에서였다. 기간이 짧긴 했지만 그러길 잘했다. 학원도 한번 가지 않은 둘째가 그 이후 영어 실력이 부쩍 늘었다.

미국 연수에서 최대의 관건은 영어였다. 교수의 강의가 귀에 잘 들어오지 않았다. 좌절, 영어에 대한 좌절을 본토에 와서 다시 겪다니. 더 열심히 준비하지 못한 게 후회됐다. 그런데 어쩌랴 들리질 않는데……. 방법은 영어 공부를 다시 하는 수밖에. 낮에는 드문드문 알아듣는 강의에 참석하며 밤에는 컬럼비아 시에서 운영하는 외국인 영어교육센터에 등록해 수업을 들었다. 여자 강사가 친절하게 가르쳐줬다. 잔디 깎는 일을 하는 과테말라 청년, 베트남 여학생, 연수를 따라온 한국 아줌마 등 영어에 목마른 어린 양들이 열심히 강사의 가르침에 순종했다. 그중에 내가 제일 연장자인 듯했다. 이 또한 편치 않은 일이었지만 어쩌랴 영어가 갑인데. 때로는 홧김에나 자신에게 소리쳤다. "여태 뭐 한 거야?" "영어 똑바로 해"

한번은 대만에서 이민 온 미주리대 학부 여학생이 수업에 참여한 적이 있었다. 초등학교 5학년 때 미국으로 이민 왔다는 그녀가 말하기를 이민 온 지 2년이 지난 어느 날 꿈을 꾸었는데 어릴 적 대만 친구가 자신에게 영어로 말했다는 것이다. 영어를 전혀 못하는 대만 친구가 꿈에서 유창하게 영어를 했다는 것이다. 결국 그녀는 영어로 꿈을 꾼 것이었다. 그녀의 결론은 완벽한 영어 환경에서 2년이 지나야 영어로 꿈을 꿀 수 있고 영어가 완전해질 수 있다는 것이었다. 아이가 태어나 말을 시작하는 시점이 24개월 정도라고 하니, 2년은 언어 습득에서 의미 있는 기간인가 보다. 그 말을 들으니 그런 환경에 푹 빠져들지 않은 채 영어를 배우려 했던 게 욕심이 아니었나 하는 생각이 들었다.

시간이 조금 지나면서 강의 듣기가 조금 나아졌다. 하지만 만족할 만큼 들리지는 않았다. 거기다 '율브래너' 이후 또한 번 당황스런 일이 벌어졌다. 외국인을 만나 대화하던 중에 "나는 지금 미주리대학교에서 연수 중이다"고 말하는데 '미주리(Missouri)' 발음을 알아듣지 못하는 것이었다. 그가 못 알아듣겠다는 표정을 짓더니 "What?" 하며 되물었다. 내가 어찌어찌 다시 설명하니 그가 외친다. "Oh, 미**조**우리." 이후 나는 '미주리대'를 '미조우리대'라고 부른다. 사실 이렇게 부르면 한국 사람은 못 알아듣는다. "어디?" "무슨 대라고?" 백이면 백 되묻는다.

'미조우리대'는 저널리즘 분야에서 명성이 높다. 한국의 많은 언론인들이 연수를 다녀왔고, 공무원 중에도 다녀온 사람이 많다. 당시 함께했던 사람들이 한국으로 돌아와 각 분야에서 큰 몫을 해내고 있다. 귀한 인연이다.

기자든 공무원이든 해외연수를 오는 사람들은 대개 1년 이상 계획하고 온다. 하지만 육군에서는 6개월로 반영되어 있어 짧게 지내다 귀국했다. 함께한 사람들이 나보다 더 아쉬워했다. 짧지만 소중하고 행복한 시간이었다. 다시 가고픈 곳,

'미조우리대' 그리고 대학이 소재한 컬럼비아시티. 내가 머물던 집, 밀브룩로 4936. 돌아올 수 없는, 그래서 더 그리운 2004년이다.

●

미국 쥐와의
전투

2004

　　비행기에서 내린 우리는 뜨거운 햇살을
받으며 미주리주 컬럼비아 공항 대합실로 들어섰다. 작은 규
모지만 깔끔해 지방 소도시의 버스터미널이 연상되었다. 인
천공항에서 시카고 공항까지 가서 컬럼비아행 국내 경비행
기로 갈아타며 간 긴 여정이었다. 후배가 마중 나와 있었다.
처음 보는 사이였지만 서로 금방 알아볼 수 있었다.

　인사를 나누고 그의 차에 짐을 싣고 그의 집으로 갔다. 도
착하자마자 후배의 아내가 정성스럽게 차린 쌀밥과 국, 한국
반찬을 내왔다. 덕분에 우리 가족이 기내식으로 잃었던 입맛

을 되찾았고 오랜 비행으로 지친 기력을 회복할 수 있었다. 너무 고마웠다. 이 후배 가족과는 그해 추석 때 송편을 같이 만들어 먹기도 했다.

식사 후 바로 우리 가족이 머물 집으로 갔다. 2층 집을 반으로 나눠 쓰는 듀플렉스 하우스였다. 웨스트 밀브룩로 4936. 첫인상이 나쁘지 않았다. 회색 양탄자가 깔려 있었고 계단을 올라가니 2층은 흰색 페인트로 칠해져 있었다. 작지만 호기심을 불러일으켰다. 1층에는 오븐을 갖춘 부엌과 둥그런 식탁, 자그마한 거실과 벽난로가 있었다. 그곳에 사는 동안 둘째와 인근에서 주워 온 나무로 불을 피우며 분위기를 잡고는 했다. 그 곁에서 음악도 듣고 TV도 봤다. 발동이 걸리면 이웃을 초청해 벽난로에 감자도 익히고 한국서 가져간 팩소주로 파티를 열기도 했다. 흰색의 2층은 방이 세 개였고 창문 밖으로 잔디밭과 이웃집이 내려다보였다.

우리 집 주변에는 정부부처에서 연수 온 공무원늘이 낳이 살았다. 기자도 2명 있었다. 그들과 골프도 치고 피크닉도 다니면서 재미있게 지냈다. 컬럼비아 시에는 유학 온 학생들과 현지 교민을 합해 천 여 명의 한국인이 살았다. 교민들과도 교류했는데 다들 좋은 분들이었다. 그들은 한국 연수생들과 친하게 지내며 고국에 대한 향수를 달래는 듯했다. 동양장이라는 식료품 가게에서는 김치, 쌀, 라면, 김 등 여러 가지 한국 식품을 살 수 있었다. 어느 날 진열대를 돌아보다 내 고향을 대표하는 안흥찐빵을 발견하기도 했다. 여기까지 찐빵이 수출되다니 고향을 본 듯 반가웠다.

우리 옆집은 흑인 남편과 백인 부인, 그리고 그들의 자녀가 여럿 살고 있었다. 정식으로 인사하지는 않았지만 어쩌다 마주치면 눈인사 정도는 하며 지냈다. 미국 쥐와의 전쟁이 그 집으로 인해 비롯되었다는 것은 나중에야 알았다.

선진국 미국 집에서 쥐와 전쟁을 치르리라고는 꿈에도 상상하지 못했다. 입주한 다음 날, 식탁에 앉아 있는데 새끼쥐 한 마리가 작은 구멍에서 쪼르르 기어 나와 과자와 음식물을 보관한 창고로 들어가는 게 아닌가. 파리채를 집어 들었다. 창고 문을 열고 여기저기를 뒤적거리니 새끼쥐가 쪼르르 문 쪽으로 달아났다. 파리채로 무차별 조준사격을 가했다. 새끼쥐는 이내 사망에 이르렀고 나는 잔인한 첫 승을 거뒀다.

이후에도 새끼쥐의 출현이 계속됐다. 파리채와 근력을 이용한 고대 살육전은 우리가 부재중이거나 잠자는 시간에는 사용할 수 없는 법. 쥐가 다닐 만한 구멍은 모두 틀어막고 월마트에서 사 온 쥐끈끈이를 통로 위에 대량 설치했다. 산업화시대의 대량 섬멸전에 돌입한 것이다. 새끼쥐, 중간 쥐들이

끈끈이에 발이 붙들린 채 죽어갔다. 그들의 사체, 때로는 살아 있는 것들을 봉지에 담아 멀리 숲 속에 내다버렸다. 나의 승리는 한동안 계속됐다. 30마리 이상 잡은 것으로 기억된다. 그런데 2층 안방 입구에 설치한 끈끈이에서 이상한 점이 발견됐다. 쥐 발자국과 털의 일부가 남아 있는데 잡힌 쥐가 없었다. 쥐의 정체가 궁금했다. '분명 무지무지하게 큰 놈일 거야. 끈끈이를 피해 다닐 정도로 영리한 놈이 분명해.' 우리 가족은 최후의 쥐를 그렇게 생각했다. 며칠이 지나도 쥐는 잡히지 않았다.

쥐를 엄청 싫어하는 아내가 쥐 문제를 집주인에게 항의하라 해서 전화도 하고 이메일도 보냈다. 관리인이 와서 보고는 "옆집이 너무 지저분하게 집을 사용해서 그런가 보다"는 말만 할 뿐 뾰족한 해결책을 내놓지 못했다. 그러던 어느 날 옆집이 이사를 갔다. 집세가 밀려 야반도주했다는 얘기가 들렸다. 그 집에서 음식물 쓰레기를 비롯한 어마어마한 쓰레기가 발견됐다. 쥐가 번식한 이유였다.

옆집이 이사 가고 며칠 후 아내와 외출을 했다가 현관을 막 들어서는데 고양이 반만 한 시커멓고 커다란 쥐 한 마리가 흰색 페인트가 칠해진 계단을 올라 후다닥 2층으로 달아났다. 순간 2층에서 내려다보는 쥐의 눈과 내 눈이 딱 마주쳤다. 쥐의 눈이 동그랗고 빨갰다. 한국에서 본 쥐의 눈은 검은색이었는데.

'새끼 잃은 어미 쥐인가?' 그의 자식들을 섬멸한 승리자라고 자만했던 나는 섬뜩했다. 최후의 쥐는 끈끈이를 밟고는 사라졌다. 그러고 다시는 나타나지 않았다. 그 쥐의 빨간 눈이 너무나 강렬해 아직도 잊히지 않는다.

여름, 가을, 겨울의 초입까지 웨스트 밀브룩로 4936에 살았다. 잔디 깎는 냄새, 벽난로를 타고 오르는 불꽃의 향연, 가을 낙엽 떨어지는 소리, 초겨울 눈 오는 정경이 서린 곳이다.

그해 11월 30일, 우리 가족은 정들었던 웨스트 밀브룩로 4936을 떠나 미국을 반 바퀴 도는 20여 일의 여행길에 올랐다.

목적지가 아닌
반환점이 된 여행

2004

옆에 탄 장신의 백인 여자 경찰은 아주 완고해 보였다. "Start!" 그녀가 내게 지시했다. 나는 "Yes, sir" 하고 경쾌하게 대답했다. 그녀의 근엄한 표정과 제복 때문에 자연스럽게 나온 말이었다. 재빨리 안전띠를 매고 시동을 걸어 부드럽게 출발했다. 도로표지판을 보며 마일로 표시된 속도에 맞춰 운전했다.

도중에 그녀가 지시했다. "Go outside." 오른쪽 깜빡이를 넣고 바깥차선으로 차선을 변경했다. "Go inside." 왼쪽 깜빡이를 넣고 1차선으로 들어갔다. 그녀의 지시와 교통 상황에 맞춰 운전하던 중 갑자기 그녀가 전방 오른쪽 빈 공간을 보며 소리쳤다. "Stop there!" 순간 내가 잘못한 게 있나 하는 생각이 들었다. 살짝 걱정하며 오른쪽 백미러를 보며 천천히 차를 세웠다. 그녀는 내게 후진주차를 요구했다. 거기가 후진주차 시험 장소였던 모양이다. 지시에 따라 후진주차를 했다. 그러고는 좌우를 살피며 다시 도로로 들어와 출발 지점으로 돌아왔다.

돌아올 때 그녀는 별 말이 없었다. 표정도 한결 부드러워져 있었다. 예감이 좋았다. 차를 세우니 그녀가 말했다. "Pass." 그렇게 미국 운전면허증을 땄다. 육사 4학년 생도 시절 의무적으로 따야 했던 운전면허시험도 1차에 합격했다. '내가 누구인가. 어릴 적 꿈이 버스운전수가 아니었던가.' 운전면허증을 받아 들고 나오면서 속으로 씩 웃었다.

미국에서 운전면허를 따려면 우리의 주민등록번호에 해당되는 사회보장번호(Social Security Number)가 있어야 한다. 하지만 나는 대학초청 연수자 신분이어서 이를 발급받을 수 있었고, 짧은 연수 기간이지만 운전면허증을 따겠다는 마음을 먹었다. 한국에서 만들어 온 국제운전면허증보다 여기 면허증이 아무래도 미국 생활과 여행에 유용할 것이라 보았다. 실제로 미국 체류 기간 중에 운전면허증은 신분증 대용으로도 유용했다.

귀국하는 공무원이 타고 다니던 8천 달러짜리 중고 도요타 캠리를 인수했다. 연비도 괜찮고 쓸 만했다. 그 차로 처음 여행을 간 곳이 캔자스시티였다. 컬럼비아에서 서쪽으로 두 시간 정도 떨어진 도시로 고속도로 이용법을 익히는 데 제격이었다. 거기서 동물원도 보고 쇼핑도 했다. 그 후 남쪽으로는 아울렛 쇼핑몰이 모여 있는 작은 도시 오작(Ozark), 동쪽으로는 서부개척의 시작점 세인트루이스, 동북쪽으로는 《허클베리 핀의 모험》을 쓴 마크 트웨인의 고향 한니발, 존 행콕 타워, 대형 아쿠아리움, 바다처럼 넓은 미시건 호수가 인상적이었던 시카고를 여행했다.

처음 운전할 때는 영어 도로표지판이 눈에 잘 들어오지 않았다. 운전면허 필기시험을 준비하면서 표지판을 익히고 몇 빈 고속도로를 주행해보니 비로소 눈에 들어오기 시작했다. 우리나라와 마찬가지로 동서를 가로지르는 도로는 짝수, 남북을 잇는 도로는 홀수다. 고속도로 표지판과 시내도로 표지판의 색과 모양도 조금 다르다. 유적지나 역사박물관 등의 안내표지판은 고동색 바탕으로 되어 있다. 우리나라도 비슷하다. 이런 차이점을 염두에 두고 보니 길 찾기가 한결 수월했다.

미국에 오기 전에 강의실에서 배우는 것도 있지만 현지 여행에서 보고 느끼는 것이 더 많다는 말을 듣기도 했다. 실제도 그랬다. 그래서 나는 여행을 많이 다니려고 애썼다. 그 덕분에 여행 노하우도 쌓여갔다.

워낙 쥐를 싫어했던 아내는 밀브룩로 4936을 하루속히 떠나고 싶어 했다. 게다가 한곳에 거주하며 여행을 하면 늘 왕복 코스라 경비와 시간도 두 배로 들었다. 그래서 밀브룩로 4936 생활을 미리 정리하고 12월 한 달간 여행을 하기로 했다. 그러면 한 달 집세 660달러를 여행 경비에 보탤 수 있었다. 이런 일석이조 옵션을 마다할 이유가 없었다. '가자, 미국 구석구석을 돌아 고국으로!' 그래서 여행이 시작됐다.

아내의 사촌이 살고 있는 LA를 미국 여행의 최종 목적지로 정했다. 거기서 크리스마스를 보내고 차를 팔고 한국행 비행기를 타기로 했다. 시카고를 거쳐 귀국하기로 한 애초 계획을 변경하니 귀국 비행기표가 문제였다. 항공사와 여러 차례 통화한 끝에 원하는 날짜의 비행기표를 구할 수 있었다. 이제 관건은 여행 코스였다. 미국 중부지역에 위치한 컬럼비아 시티에서 출발해 뉴욕, 워싱턴, 보스턴을 거쳐 캐나다 나이아 가라 폭포를 보고 캐나다를 횡단해 LA로 가는 동북쪽을 택하느냐, 플로리다를 거쳐 미국 최남단 키웨스트를 발로 찍고 템파, 뉴올리언스를 돌아 그랜드캐니언으로 가는 남서쪽을 택하느냐. 미국을 일주하기에는 일정도 예산도 부족했다. 고심 끝에 디즈니랜드와 바다가 있는 남서쪽을 선택했다. 21일의 여행 기간을 기준으로 하루 평균 이동거리와 숙소 위치, 볼거리를 인터넷을 통해 조사했다. 유류비, 식비, 숙박비, 입장료, 차량 점검 및 오일교환 비용 등 날짜별 경비와 총경비를 계산하고 한눈에 알아볼 수 있는 그림 형태의 여행 로드맵을 작성했다.

초기 5일간은 숙소를 미리 예약하고 나머지 기간은 이동하면서 노트북으로 인터넷 예약을 하기로 했다. 융통성을 확보하기 위해서였다. 후에 후배가 얘기하기를 내 여행계획이 그 후 한국 연수자들이 여행계획을 세우는 데 기본모델이 됐다고 한다. 계획서를 출력하려고 후배에게 이메일을 보냈던 적이 있는데, 그것이 퍼진 모양이다.

여행계획을 완성한 우리 가족은 살림살이를 주위에 나누어주고 큰 짐은 LA에 사는 아내 사촌 집으로 부쳤다. 먹고 입는데 필요한 최소한의 짐만 차에 실었다. 11월 30일, 마지막 공과금을 청산하고 짧지만 사연 많은 밀브룩로 4936을 떠났다.

첫날의 이동거리는 길었다. 세인트루이스를 지나 한참을 달렸다. 그런데 눈이 오기 시작했다. 숙소까지 가려면 많이 남았는데 날도 어두워졌다. 우리나라는 고속도로에 야간조

명이 잘되어 있지만 미국은 그렇지 않다. 눈발이 날리는 어둠 속을 헤치고 영어로 된 표지판을 보며 운전하기란 쉬운 일이 아니다. 게다가 대형트럭들이 옆에서 쌩쌩 달리고, 고속도로 여기저기에는 펑크 난 타이어 조각들이 흩어져 있었다. 신경이 곤두섰다. 천신만고 끝에 숙소에 도착했다. 다행히 고속도로 인근의 모텔이라 쉽게 찾을 수 있었다. 첫날의 경험은 안전운전에 대한 경각심을 한층 높여주는 계기가 됐다.

이튿날부터는 야간운전을 최소화했다. 애틀랜타 시에 들러 CNN을 보고 좀 더 달려 대서양이 보이는 마을에서 잤다. 3일째 드디어 여행 포인트 플로리다에 도착했다. 마이애미 바닷가 바로 옆에 숙소를 잡았다. 걸어서 바다까지 갈 수 있는 곳이었다. 대서양에 발을 담그고 앉아 물새들을 구경했다. 탁 트인 푸른 바다를 보니 가슴이 시원했다. 해변은 그저 그랬다. 좁고 모래는 거칠었다. 12월이라 그런지 수영보다 일광욕을 즐기는 사람들이 많았다.

올랜도의 디즈니랜드와 유니버설스튜디오, 시월드(Sea World)에서 즐거운 시간을 보냈다. 의자가 흔들리고 바람에 물까지 뿜어 나오는 애니메이션, 동물공연, 영화세트, 돌고래 쇼, 아마존에 사는 희귀 물고기 등 볼거리가 많았다. 신기하고 재미난 것들이 동심의 세계에 푹 빠지게 했다. 내 고향 안

홍에서 하늘의 구름을 보고 상상하던 세상, 그 이상이 거기에 있었다.

마이애미에서 키웨스트까지는 뜨겁고 파란 겨울여행이었다. 컬럼비아시티에 있었으면 눈 내리는 한겨울을 지내고 있었을 텐데 며칠 만에 반바지에 티셔츠를 입고도 차 에어컨을 틀어야 하는 세상에 와 있다는 게 신기했다. 하늘도 파랗고 바다도 파란 섬과 섬을 연결한 수많은 다리 위를 자동차로 한참 달렸다. 나중에는 내가 바다 위를 떠서 하늘을 나는 착각이 들 정도였다. 길옆에는 꽃들이 피어 있었고 개미들은 제 집을 드나들며 먹이를 부지런히 실어 나르고 있었다.

마침내 키웨스트에 도착했다. 헤밍웨이가 《노인과 바다》를 쓰고 말년에 낚시를 하면서 지냈다는 곳이다. 미국의 최남단 섬. 서쪽이 멕시코 만, 남쪽이 플로리다 해협이다. 그 해협 너머에 한때 미국과 미사일 위기를 빚은 쿠바가 있다. 키웨스트의 남쪽 섬 끝자락에는 얕은 바다 위로 50여 미터의 나무다리가 바다를 향해 놓여 있다. 그 끝이 사실상 미국의 최남단이었다.

키웨스트는 스시가 유명하다. 하지만 너무 비쌌다. 우리는 할 수 없이 맥도널드 햄버거로 점심을 때웠다. 저녁 무렵에 플로리다로 향했다. 붉은 태양이 바다 쪽을 향해 떨어지기 시작했다. 하늘과 바다가 맞닿은 파란 세상의 키웨스트가 석양에 붉게 물들었다. 태양빛이 이따금 백미러에 비쳤다. 지는 빛이지만 너무나 강렬해 눈이 부셨다. 부실한 점심 탓에 슬슬 배가 고파왔다. 그동안 아침은 숙소에서 제공하는 식사로, 점심은 햄버거나 샌드위치 따위로 해결했다. 저녁은 컬럼비아 시티 밀브룩을 떠날 때 가져온 전기밥솥에 밥을 지어 밑반찬과 함께 먹었다.

바다를 본 탓인지, 키웨스트에서 스시를 못 먹은 미련 때문인지 그날따라 저녁은 잘 먹어야겠다는 생각이 들었다. 해가 떨어진 컴컴한 길을 달리다 보니 해산물 식당이 보였다. '무조건 저기다.' 그날 우리는 바다가재를 배가 터지도록 먹었다. 한국에 비해 싸다는 핑계 아닌 핑계를 대면서.

피로가 쌓여 플로리다 남단의 숙소에서 이틀을 묵었다. 그래서 하루만큼의 이동거리를 더 가야 하는 상황이 됐다. 장장 1000킬로미터, 13시간을 운전해야 했다. 아쉽지만 템파는 그냥 지나쳤다. 그리고 도착한 앨라배마 주 어느 마을의 숙소에서 정신없이 잤다. 다음 날 재즈의 고향 뉴올리언스로 갔다. 재즈의 전설, 루이 암스트롱이 이곳 출신이다. 한때 프랑스와 스페인의 지배를 받은 탓에 지명과 긴물이 특이했다. 가장 사람이 많이 모이는 곳이 프렌치쿼터(French Quarter)였는데 말

그대로 프랑스군 숙소가 있던 곳이라고 했다. 뉴올리언스에는 스페인풍 건물이 많이 남아 있었다. 둘째가 고등학생이라 선술집인 펍에 들어가지는 못했지만 열린 문 사이로 흘러나오는 재즈음악이 아주 흥겨웠다.

뉴올리언스는 미네소타 주 북부에 있는 빙하호수 이타스카 호에서 발원하여 무려 6210킬로미터를 흘러온 미시시피 강물이 멕시코 만으로 흘러 들어가는 곳으로도 유명하다. 컬럼비아시티에 살 때 미시시피 강 상류인 미주리 강변을 따라 자전거 하이킹을 한 적이 있다. 그때 본 강은 그저 평범했는데, 그런 강들이 모여든 이곳 강물은 어마어마한 수량의 흙탕물이 되어 있었다. 으르렁거리는 누런 강물이 시시각각 바다로 흘러 들어가면서 바다색조차 누렇게 만들고 있었다. 장관이면서도 무시무시한 모습이었다.

한 방울의 물이 저렇게 되다니. 뭉치고 속도를 내니 제 세상을 만들 수 있게 된 것이리라. 저런 모양의 온갖 강물을 받아들이고 끝내 모두를 파란색으로 융화시키는 것, 그것이 바로 바다라는 사실도 새삼스러웠다.

미항공우주국 존슨 우주센터가 있는 휴스턴에 들러 미국의 우주항공 역사와 우주선을 관람했다. 규모가 커서 트램을 타고 이동해야 했다. 달에 갈 생각을 하고 그걸 실제 실행한 인류가 위대하다는 생각이 들었다. 미국의 실용주의가 낳은 결과로 느껴졌다. 그들은 실용이란 '지식이 관념에 머물지 아니하고 유용한 결과를 가져오는 것'이라고 하지 않았던가. 탁상공론에 빠지는 걸 경계해온 내게 큰 감명을 주었다.

텍사스 주 서쪽 끝 엘파소. 그곳은 멕시코와 국경을 맞대고 있다. 다리 하나만 넘으면 멕시코다. 걸어서 다리를 건너 멕시코로 들어갔다. 제재하는 이도 없었다. 5분도 걸리지 않았다. 멕시코의 마을 풍경은 건너편 미국과 확연히 차이가 났다. 건물은 낡고 도로는 비좁고 구불구불했다. 마을 도로를 따라 천천히 구경하고 미국으로 입국하는 아래쪽 다리로 갔다. 그런데 미국으로 들어가기 위해 차와 사람들이 도로에 길게 늘어서 있는 게 아닌가. 한참을 기다린 후 신분증 검사를 받고 입국했다. 예전에 미국으로 밀입국이 많았던 지역이라고 한다. 미국 쪽에는 철망이 국경을 따라 길게 쳐져 있었다. 멕시코 쪽에는 그런 게 없어 대조적이었다.

뉴멕시코 주 화이트샌즈로 갔다. 어둠이 밀려드는 시간에 도착해서인지 우리 가족밖에 없었다. 하얀 모래밭이 끝없이 펼쳐져 있었다. 모래 위에 아내와 이라크 파병 중이던 첫째 그리고 둘째의 이름을 써봤다. 손끝으로 전해지는 모래 감촉이 부드러웠다. 바닷물에 매일 씻기는 플로리다 해변의 모래는 거칠었는데 사막의 모래는 이토록 곱다니. 불가사의했다. 애리조나 주 주도인 피닉스는 서부영화에 나오는 풍경이 남아 있었다. 붉은빛이 도는 황토색의 도시, 황량한 산, 나무마차와 짙은 갈색의 말들, 카우보이모자가 인상적이었다.

그랜드캐니언은 완전히 겨울이었다. 군데군데 흰 눈이 쌓여 있고 바람은 세찼다. 거대한 붉은 바위들이 끝없이 펼쳐졌다. 장대한 대협곡과 일정한 높이의 바위산들이 이어졌다. 융기와 침하의 지각변동이 만든 자연의 걸작이다. 협곡에는 강물이 흘렀다. 콜로라도 강은 로키산맥에서 발원하여 2330킬로미터를 흘러 캘리포니아 만으로 이어진다. 그 강을 막아 만든 후버댐의 전기가 사막의 도시 라스베이거스와 인근 도시를 밝혀준다. 풍경은 웅장했지만 한겨울 날씨 속에서는 황량해 보였다.

그랜드캐니언의 일몰은 장관이었다. 일몰을 볼 수 있는 포인트가 여럿이다. 거기마다 일몰을 보려는 사람들이 옹기종기 모여 있었다. 드디어 해가 넘어가기 시작했다. 붉은빛의 바위들이 석양을 받아 더 붉게 빛났다. 키웨스트의 일몰과는 다른 느낌이었다. 좀 더 엄숙했고 장엄했다. 해가 지니 금방 어두워졌다. 산길을 따라 차로 내려오던 중에 야생 사슴이 길을 막았다. 비켜 지나갈 때까지 잠시 기다렸다. 한국의 사슴

보다 덩치가 컸고 누런빛보다는 시커먼색에 가까운 놈들이었다.

라스베이거스에 도착했다. 여행의 막바지라 그곳에서 즐길 돈은 별로 없었다. 그래도 구경은 해야겠다는 생각에 슬롯머신이 있는 호텔 아래층으로 갔다. 사람들로 북적거렸다. 한 슬롯머신 앞에 앉았다. 쟁반으로 음료수를 나르는 아가씨가 다가왔다. 다 돈 주고 사 먹는 것이란다. 내 입에서 나도 모르게 "No, thank you"라는 말이 나왔다. 그야말로 '맛보기만 해보자.' 1달러를 슬롯머신에 넣었다. 기회는 25센트씩 네 번. 운 좋게 열 번 이상 배팅했다. '오호!' 뭔가 될 듯했다. 하지만 2분도 걸리지 않아 끝났다. 호주머니 속 10달러 지폐를 만지작거리는 나를 아내가 잡아끌었다. 라스베이거스까지 왔는데 최소한 10달러는 해봐야 하는 거 아닐까? 그러나 아내가 옳았다. 10달러가 100달러를, 100달러가 1000달러를 유혹하기 때문이다. 우리는 대신 후버댐에서 끌어온 전기가 만들어내는 화려한 라스베이거스 야경을 실컷 구경했다. 황량한 사막에 이렇게 화려한 도시를 건설하다니. 사람의 생각이 대단하다는 걸 또 한 번 느꼈다.

죽음의 계곡, 데스밸리를 지나갔다. 무더위와 소금이 유명하다. 5월에서 8월 사이에는 섭씨 40도에서 50도까지 이른다고 한다. 소금밖에 없는 무더운 황무지 계곡을 지나던 이들이 길을 헤매다 죽는 일이 있어 붙여진 이름이라고 한다. 꼬불꼬불한 산길을 넘자 황량한 넓은 계곡이 펼쳐졌다. 세계에서 가장 낮은 곳으로 해발 0인 바다보다 낮다. 옛 소금광산이 아직 남아 있었다. 군데군데 흰 소금도 보였다. 아주 오랜 옛날에는 바다였음이 분명했다. 계곡이라서 금방 어두워지기 시작했다. 도로표지판을 따라가다가 데스밸리를 벗어나기 직전 도로에서 몇 번 헷갈려 같은 도로를 반복 주행했다. 차량이라고는 우리 차밖에 없었다. '길을 잃은 게 아닐까?' 갑자기 걱정이 밀려왔다. 보험회사에서 받은 지도를 다시 찬찬히 들여다보았다. 도로는 완전히 어둠에 깔렸다. 차의 전조등만이 도로를 비추는 유일한 불빛이었다. 전조등을 상향으로 켜고 어둠 속 도로표지판을 살피며 운전했다. 겨우 죽음의 계곡을 벗어났다. 첫날 눈이 날리는 고속도로를 운전할 때 느꼈던 공포와는 다른 느낌의 공포였다. 이런 상황에서 차량이 멈춰서면 정말 대책이 없을 것이다. 여행을 하면서 주행거리에 맞춰 차량오일을 갈고, 타이어를 점검한 덕택인지 다행히 그런 일은 발생하지 않았다. 미래에 발생할 수 있는 위험에 대한 대비, 죽음의 계곡은 내게 그걸 말해주고 싶었나 보다.

드디어 LA에 도착했다. 아내의 사촌과 큰어머니를 만나고 큰아버지의 산소도 찾아뵈었다. 여행으로 지친 우릴 반기고, 편안히 쉬게 해주고, 내 차도 팔아주고 그해 크리스마스를 함께해준 아내의 사촌과 가족들이 너무나 고맙다. 그 가족들은 지금도 LA에서 잘 살고 있다.

10개 주, 약 8000킬로미터를 달린 21일간의 미국여행은 도전이었고 새로운 것과의 만남이었으며 즐거움이었다. 물론 불편과 불안을 동반했다. 오랜 운전과 이동이 가져오는 지루함과 졸음, 사고의 위험, 음식과 잠자리 해결, 숙소에서 눈치 보며 밥과 김치 먹기, 가격과 위치 기준으로 최적의 숙소를 예약하고 찾아가기, 볼거리 정하기, 차량 점검과 안전운전 등. 그때그때 해결하고 헤쳐나갈 일들이 많았다. 하지만 행복한 여행이었다.

짧은 영어 실력으로 미국 반 바퀴를 돈 여행. 우여곡절을 겪으며 실낱같은 빛을 따라 여기까지 온 나의 인생여행. 행운이요 기적이다. 굽이굽이 걸어온 길을 되돌아본다. 버스운전수를 꿈꾸며 베개를 운전대 삼아 놀던 산골 소년은 끝내 엄마를 집으로 모셔오지 못했다. 하지만 행운아인 나는 나의 생각과 나의 계획을 시간표로 만들어 실행으로 옮기며 나 자신과 가족을 지금 여기에 무사히 데려올 수 있었다. 감사하고 놀라울 따름이다.

그랜드캐니언의 일몰은 장관이었다.

일몰을 볼 수 있는 포인트가 여럿이다.

거기마다 일몰을 보려는 사람들이 옹기종기 모여 있었다.

드디어 해가 넘어가기 시작했다.

붉은빛의 바위들이 석양을 받아 더 붉게 빛났다.

1960년 여름의 어느 날, 핏덩이 막내와 어린것들, 젊은 아내를 남기고 눈을 감아야 했던 나의 아버지. 그런 아버지를 생각할 때마다 가슴이 먹먹했다. 그러면서 나는 그런 아버지가 되지 않기를 소망하고 소망했다. 그 꿈을 넘어선 지금의 나는 지금부터 무엇을 해야 할까? 생각에 잠긴다. 미국여행이 내 인생의 목적지가 아닌 반환점으로 기억에 남는 이유다.

달빛 어린
빈사의 사자상
2015

2013년에 프랑스 베르사유 궁전을 방문한 적이 있다. 궁전은 너무도 화려하고 멋졌다. 거울의 방, 왕과 왕비의 방, 정원 등등. 그 화려함은 프랑스혁명 당시 민중이 왜 분노했는지도 웅변하고 있다. 나는 궁전을 돌아보다 스위스 용병의 얘기를 들었다. 당시 파리 시내 튈르리 궁전으로 몰려온 시민군이 퇴각의 기회를 주었음에도 불구하고, 왕의 근위대 임무를 수행하던 스위스 용병들은 거부했다고 한다. 그들은 부르봉 왕가를 위해 끝까지 싸우다 모두 전사했다.

죽음을 불사한 786명의 스위스 용병이 그렇게까지 싸운 이유는 무엇이었을까? 이유는 아주 간명했다. '왕가와의 계약기간이 아직 끝나지 않았다'는 것이다. 더 깊은 뜻은 자신들이 계약을 파기하면 어떤 나라도 다시는 그들의 후손을 용병으로 고용하지 않을 것이라는 우려였다. 한마디로 '신의와 후손 사랑'이 죽음도 불사하게 만든 것이다.

이 충격적인 얘기는 스위스를 경치 좋은 나라로만 여기던 나의 인식을 완전히 바꿨다. 시민혁명군에 의해 단두대에서 처형된 루이 16세와 비운의 마리 앙투아네트의 얘기를 간직한 베르사유 궁전에서 아이러니하게도 스위스를 가보고 싶다는 생각을 했다.

2015년 겨울, 마침내 스위스로 가족여행을 떠났다. 처음 본 스위스의 산과 호수, 계곡, 마을 등의 풍광이 너무나 아름다웠다. 도시는 세련되었고 철도교통은 완벽했다. 도로, 건물, 창문, 표지판, 계단, 하수구 뚜껑, 버스 손잡이, 거리의 의자 등 모든 것이 단순하고 튼튼하게 만들어져 있었다. 천혜의 자연과 인간의 조형물이 아주 잘 어울렸다. 군에 있을 때 외국이라고는 우리 군 파병 지역인 이라크, 아프가니스탄, 아이티, 오만을 다녔으니 그와 대비되어 더욱 인상 깊었다.

유람선을 타고 만년설이 쌓인 높은 산 밑의 호수를 지나니 그림 같은 풍광이 펼쳐졌다. 배는 어느 마을 선착장에 우리를 내렸고, 그곳에서 리기산행 톱니열차를 탔다. 말로만 듣던 톱니선로는 두 개 선로 가운데 놓여서 가파른 산을 기차가 미끄러지지 않고 오르게 해줬다. 기차가 산을 오르기 시작하자 유람선에서 수평으로 바라보던 풍광이 입체적으로 보였다. 산이 손에 잡힐 듯 가까이 다가왔다. 흰색과 푸른색의 조합이 형언하기 어려운 신비로움을 선사했다.

저녁이 되어 출발지 루체른으로 돌아왔다. 오랜 비행과 여행에 지친 우리는 우연히 알게 된 한국식당에 가서 김치찌개와 불고기를 먹었다. 그리고 첫날의 마지막 일정으로 '빈사의 사자상'을 찾아 나섰다. 이미 거리는 어두웠다. 가로등이 켜진 어둑어둑한 초행길을 이리저리 헤맨 끝에 드디어 사자상에 도착했다. 식당의 여종업원이 "가서 보시면 실망할 수도 있어요"라고 해서 내심 걱정하며 왔는데 전혀 아니었다.

나는 사자상이 돌을 깎아 공원에 전시해놓은 정도일 것이라고 생각했다. 그러나 사자상은 커다란 바위산의 중간 아래쪽을 통째로 파서 조각한 명물이었다. 1821년 덴마크 조각가 베르텔 토르발센의 작품으로 독일 출신인 카스아호른이 완성했다고 한다. "세계에서 가장 슬프고도 감동적인 바위"라고 극찬한 마크 트웨인의 말을 굳이 빌리지 않더라도 보자마자 감동이 밀려왔다.

그날은 때마침 하늘에 둥그런 달이 떠서 사자상을 비추고 있었다. 그래서 더욱 신화적으로 보였다. '햇빛에 바래면 역사가 되고 달빛에 물들면 신화가 된다'는 말이 떠올랐다.

신화가 된 달빛 어린 빈사의 사자상. 그 앞으로 가까이 다가가 보았다. 부르봉 왕가의 상징인 하얀 백합이 새겨진 방패를 앞발로 잡은 채 죽어가고 있는 사자의 처연한 표정이 생생히 내 눈에 들어왔다. 죽음에 다다른 사자는 궁전을 지키다 숨겨간 스위스 용병 786명을 상징하며 그들을 기리기 위해 여기 새겨졌다. 그래서 그 모습이 슬프기보다 비장했다. 이 사자 덕분에 오늘의 스위스가 있고 후손들이 용병으로서 바티칸 궁을 지키고 있는 것이다. 사자상이 있는 공원에 잠시 머물며 '여기가 스위스의 심장이 아닐까' 하는 생각을 해봤다.

무료로 다닌 고등학교를 졸업하자마자 5년 의무복무를 명받아 스무 살에 군대에 온 나. 5년의 군 생활이 너무 길다고 생각하던 내가 산 따라 물 따라 36년을 군에서 보낸 건 운명이었을까, 선택이었을까? 국민의 군대의 자랑스러운 장교였지만 나는 용병과 무엇이 달랐을까?

나의 목숨과 생활을 국가에 위탁하고 임무를 수행한 대가로 봉급을 받아 가족을 먹이고 애들을 공부시켰다. 갑자기 국가와 나의 계약관계에 대해 돌아보게 된다. 나는 그간 최선을

눈은 점점 초점을 잃어가고 입은 반쯤 벌어진 채 죽어가는
스위스 루체른의 빈사의 사자상.
그걸 보면서 나는 용케 살아남은 자로서
조국 대한민국을 지키다 죽어간
우리 영웅들에게 진 빚을 떠올렸다.

다했을까? 죽어가는 사자가 갑자기 내 가슴을 파고들었다. 어쩌면 내가 국가에 봉사하고 헌신한 것보다 국가가 나에게 베푼 것이 더 많은지도 모른다. 그래서 남은 생을 국가에 감사하고 국방을 성원해야 할 숙명적인 빚을 진 것이 아닐까?

눈은 점점 초점을 잃어가고 입은 반쯤 벌어진 채 죽어가는 스위스 루체른의 빈사의 사자상. 그걸 보면서 나는 용케 살아남은 자로서 조국 대한민국을 지키다 죽어간 우리 영웅들에게 진 빚을 떠올렸다.

새로운
프런트라인

1984/2015

　　　　　　최전방 병사들의 철모 끝이 이어진 선,
그것이 프런트라인(front line)이다.

　1984년 겨울의 최전방, 나의 병사들은 내 발자국 소리를 기
억했다. "소대장님 발자국 소리는 살금살금 들리고, 선임하사
님 발자국 소리는 터벅터벅 들립니다." 내가 다가가면 어떻게
아는지 묻자 한 병사가 말했다.

　1984년 육사를 졸업하고 전남 광주 보병학교(지금은 전남 장
성으로 이전)에서 교육을 마친 나는 그해 8월 서부전선 최전방
GOP 소대장이 됐다. 경계근무 투입 전 병사들에게 실탄 105

발, 수류탄 1발을 지급했다. 크레모아는 적 예상 접근로에 미리 설치하고 격발기를 지참해 유사시 결합해 사용토록 했다.

나를 향해 선 소대원들에게 소리쳤다. "노리쇠 후퇴전진. 어깨위에 총. 격발!" "틱." M16 소총 방아쇠가 노리쇠공이를 치는 소리가 들렸다. 정상이다. '빵' 하는 소리가 나면 실탄이 발사된 것이다. 소총 약실에 장전돼 있던 실탄을 제대로 빼내지 않으면 공이가 실탄 꽁무니를 때리면서 실탄 안의 화약을 폭발시켜 총알이 날아가게 된다. 만에 하나 총구가 옆 전우를 향해 있는 사이에 그런 일이 생기면 아주 위험하다.

안전검사를 한 나는 더 단호한 소리로 외쳤다. "노리쇠 후퇴. 탄창결합!" "탄창결합!" 병사들이 큰 소리로 복창하며 실탄 15발이 든 탄창 한 개를 탄입대에서 꺼내 자신의 소총에 끼고는 오른손바닥으로 툭 쳐 넣었다.

"탄알 일발 장전!" 전 소대원의 총기에서 일제히 철커덕 하는 소리가 났다. 노리쇠가 전진하면서 탄창 맨 위에 있던 총알 한 발이 병사들의 소총 약실로 빨려 들어간 것이다. 이제 적을 향해 방아쇠만 당기면 된다. 조종간을 자동으로 놓으면 순식간에 총알 15발이 날아갈 것이고, 반자동으로 놓으면 두세 발씩 날아갈 것이다. 안전으로 놓으면 발사되지 않을 것이고.

나는 병사들을 GOP 초소에 투입시켰다. 그리고 매일 밤 초

소와 초소 사이의 경계공백을 메우고, 그런 병사들의 근무상
태를 확인하기 위해 순찰했다. GOP 근무가 처음이었던 나는
긴장된 마음으로 병사들이 제대로 근무에 임하는지 확인할
요량으로 '살금살금' 다녔고, GOP 근무 경험이 풍부한 선임
하사(고참 중사)는 알 것 다 알아서 '터벅터벅' 다녔던 것이다.
긴긴 밤을 견디며 경계에 몰입하는 병사들의 눈과 귀가 적과
그들의 소대장, 선임하사의 발자국을 구별하는 수준까지 발
달한 것이다. 프런트라인에 선 병사라면 예나 지금이나 마찬
가지다.

　나는 합참공보실장을 맡으면서 합참의장님이 작전사급 부
대를 순시할 때마다 직접 수행하면서 북한군을 향해서는 억
제 메시지를, 국민들을 향해서는 군을 믿고 자랑스럽게 생각
하게 하는 메시지를 언론을 통해 전달했다. 2012년 어느 날,
정승조 합참의장님을 모시고 한 공군 부대를 갔다. 합참의장
님이 F-15K에 장착된 슬램이알(SLAM ER, 공대지 미사일로 사거리
278킬로미터)을 손으로 만지고, 빨간 마후라를 목에 두른 조종
사들에게 지시하는 사진과 영상을 '신속, 정확, 충분히 응징
한다'는 의장님 메시지와 함께 공개했다. 이후 북한군의 일
거수일투족을 감시하는 정보자산에 우리 메시지에 반응하는
북한군의 움직임이 포착됐다. 메시지가 적 수뇌부의 머릿속

에 투사된 것이다. 당시에 나는 생각으로 싸우는 생각전사 프런트라인에 서 있었다고 자부한다.

학교 교정 전체에 태극기를 게양하여 애국심을 고취하고 남다른 독도 사랑을 실천하는 상명대학교. 육군정훈공보실장이던 2014년에 이 대학과 업무협약을 체결하고 후배들의 전문식견과 안목을 넓히는 일을 함께하게 됐다. 그게 인연이 되어 2015년부터 학교 특임교수로 활동하고 있다.

2015년 어느 날, 상명대 학군후보생들의 눈이 모두 나에게로 쏠렸다. 안보와 국방의 프런트라인을 주제로 강의했다. 그리고 마지막으로 얘기했다. "후보생 여러분, 여러분은 우리나라 프런트라인을 담당하는 소대장이 될 것입니다. 여러분의 실력이 대한민국 군대의 실력입니다. 열심히 배우고 익히시기 바랍니다."

젊은 학생들의 눈이 반짝거렸다. 그 눈빛이 이어진 선, 그 눈빛을 성원하는 길, 나의 새로운 프런트라인이다.

앞차를 보내고
뒤차를 타다

2015

어느 날 우물쭈물하다가 그만 서울행 열차를 놓치고 말았다. 바로 코앞에서 열차가 막 출발하는 광경을 목격하는 심성이 이런 건가? 참으로 묘하고 황당했다.

멍하니 멀어져가는 열차를 바라보다 역 매표소로 갔다. 나를 지켜본 듯 역무원이 말했다. "10여 분 후에 무궁화호를 타고 가시는 게 좋겠습니다. 아니면 서울행 KTX가 많은 대전역으로 가실 수도 있고요."

"옳지, 대전역으로 가자." 급한 마음에 역까지 태워준 아내를 재촉했다. 그런데 이게 웬일인가. 대전 시내가 막혔다. 뭔가 따라주지 않는 일진이 분명했다. 역에 도착하기 직전 좌회전 신호대기가 1분만 짧았어도 기차를 탈 수 있었던 것도 그렇고, 하여튼 그날따라 이상했다. 머피의 법칙에 지배당한 날 같았다.

결국 약속시간에 30분 늦었다. 도착하기 전의 일을 다른 사람에게 부탁해 문제없이 진행되었으나 여러 사람에게 신세를 지게 됐다. 무엇보다 약속한 분들께 범한 실례는 돌이킬 수 없었다.

이번 일을 겪으며 '제때 제자리를 지킨다는 게 참 소중하다'는 생각이 들었다.

판단하고 계획했으면 제시간에 그 자리에 가 있어야 하는데, 못 다 한 거 챙기고 오는 전화 받다 보니 그만 움직임이 늦고만 것이다. 아니, 목표에 집중하지 않고 우물쭈물한 게 지각의 더 큰 이유일 것이다.

한 번 어긋난 일은 돌이킬 수 없이 꼬리를 물며 다른 일도 어긋나게 한다는 사실도 새삼 되새겼다. 그나마 서두른 덕에 마냥 헝클어질 뻔한 그날의 일정을 조기에 바로잡을 수 있어 다행이라면 다행이었다.

그리고 내가 없는 상황에서 내 대신 일 처리를 해준 고마운 이들이 있다는 사실, 지각을 너그러이 이해해주시는 분들이 있다는 게 참으로 감사하고 감사했다. 사람은 역시 홀로 살수 없는 존재라는 것도 절감했다.

열차를 놓친 경험은 이렇게 내게 약이 되었다. 하지만 다시는 열차를 놓치고 싶지 않다. 막 떠나는 열차의 꼬리를 움켜잡고 싶은 그 절박한 심정을 다시 겪고 싶지 않을뿐더러 괜한 일로 소중한 신의를 잃고 싶지 않다.

열차를 놓친 이야기를 전역한 선배에게 했다. 그랬더니 돌아온 그의 말이 걸작이었다. "이제부터는 기차시간 30분 전에 역에 도착해서 커피도 한잔하고 일행과 얘기도 하며 여유 있게 기다리라"는 것이었다.

나는 무릎을 쳤다. 그리고 혼자 중얼거렸다. "맞아, 내가 아직도 시간 중심의 사고에서 벗어나지 못한 거야. 공간 중심으로 살겠다 하면서도 실상은 시간의 굴레를 스스로 뒤집어쓰고 있단 말이지."

이 일이 있고 나서 얼마 지나지 않아 분당을 가게 되었다. 시간을 넉넉히 잡고 수원역에서 분당행 전철을 기다리고 있었다. 많은 사람들이 줄을 서 있었다. 나는 맨 뒤에 섰다. 잠시 후 전철이 도착했다. 앞 사람들이 열차 안으로 몰려 들어갔다. 자리는 금세 다 찼고 서 있는 사람도 제법 많았다. 습관적으로 나도 열차에 탔다. 하지만 열차 안이 너무 붐볐다. 순간

다음 열차를 타야겠다는 생각이 들었다. 그래서 바로 내렸다. 뒤차에 타려고 앞차에서 내린 것이다. 내게는 그전에 없던 일이다.

그러고는 다시 줄의 앞에 서서 열차를 기다렸다. 한참 뒤 열차가 도착했다. 빈자리가 많았다. 덕분에 자리에 앉아 갈 수 있었다. 가지고 다니던 월간잡지《샘터》를 읽었다. 행복한 얘기, 훈훈한 얘기, 마음에 새겨야 할 얘기들이 많았다. 마음이 넉넉해졌다. 앞차에 서서 갔으면 누릴 수 없는 호사였다. 앞차를 보내고 다음 차를 타기를 잘했다는 생각이 들었다.

나는 지금껏 빠른 것, 먼저인 것을 추구해왔다. 그것이 최선이라고 생각했다. 그러나 다시 생각해보면 그게 꼭 정답이었을까 하는 생각이 든다.

이제는 내게 주어지는 기회, 내 앞에 서는 버스를 덥석 타지 않을 것이다. 나는 이제 시간여행자가 아니라 공간여행자가 됐기 때문이다.

'시간은 여유롭게, 공간은 풍성하게.' '시간과 기회를 허비하지 말라.' '꿈을 나누어라.' '꿈꾸는 자를 성원하라.'

앞으로 남은 내 삶의 지표다.

우연으로
그치지 않았다

2016

2012년 봄, 우연히 여의도에 핀 벚꽃 속을 살피다가 벚꽃 속이 별 모양이라는 사실을 발견했다. 그해 집에 있는 난과 사무실에 있는 난들에서도 앞서거니 뒤서거니 하며 대여섯 번 꽃이 피었다. 신기하게도 사무실의 화분에서는 한 달 사이에 두 번이나 꽃이 피었다. 내 몸은 그때 그 노란 꽃이 내뿜던 향내를 지금도 기억하고 있다. 그해 나는 장군으로 승진했다.

1979년 가을, 육사 면접시험을 간다고 하니 형님이 군대에서 배운 실력으로 내 머리를 짧게 쳐버렸다. 거의 빡빡이가 돼서 손바닥으로 머리를 쓰윽 쓰다듬어 보니 까슬까슬한 밤송이가 따로 없다. "응시자는 왜 그렇게 머리를 짧게 깎았는가?" 육사 면접시험장에서 한 소령이 내게 물었다. "육사면접시험을 보러 간다고 하니 형님께서 '너는 이제 국가와 군대에 모든 걸 바친다고 각오해야 한다'며 이렇게 깎아주셨습니다." 소령이 입가에 웃음을 띠었다.

그해 육사에 합격했다. 나중에 보니 그 소령은 생도들의 훈육을 담당하는 생도훈육관이었다. 소령은 옆 중대 1학년 생도가 된 나를 알아보고는 마주칠 때마다 반갑게 대하며 힘을 북돋아줬다.

1968년 어느 날, 엄마가 "1등 한번 할래?"라고 말한 것은 우연이었을까, 소원이었을까? 우연이 소원이 된 그 한마디 말은 엄마와의 약속이 됐고 나를 여기까지 이끈 원동력이 됐다.

공부를 해야겠다는 생각, 어떤 상황에서든 무엇인가를 목표로 삼고 그것을 이루기 위해 방법을 골똘히 생각하는 버릇, 생각 그 자체를 중시하며 생각한 대로 나아가는 행동력, 이런 것들이 오늘의 나를 만들었다. 소년 근수가 개울가 큰 바위에 누워 올려보던 새털구름, 쌕쌕이가 수놓던 하얀 구름띠, 한여름 밤하늘에서 땅으로 쏟아졌던 눈부신 별빛들, 살아 있는 한 결코 잊지 않을 것이다. 그때 품었던 꿈조차도.

우주와 지구상에서는 수많은 일들이 벌어지고 있다. 알거나 모르거나, 우연히 마주치거나 마주치지 않거나 하는 일들이. 만약 우연히 마주친 것이 그저 우연으로 그쳤다면 지금 내게 남은 건 아무것도 없을 것이다. 우연은 생각을 만나 뭉친다. 그리고 생각을 통과해 의미로 발전한다. 그리고 이루는 힘이 된다.

버스운전수를 꿈꾸던 산골 소년 근수가 장군이 된 것은 살아오며 마주친 우연들에 그와 누군가의 생각을 덧댄 결과일 것이다. 그런 점에서 지난 생각은 위대했고, 지금과 내일의 생각 또한 위대할 것이다.

나는 숨이 붙어 있는 날까지 생각하고 또 생각할 것이다. 그러다 문득문득 펜을 들 것이다. 누가 말을 걸면 말을 할 것이다. 작은 힘을 보탤 것이다. 때때로 바람 따라 여행길에 오를 것이다. 산골 소년에서 장군까지 가는 추억여행을, 지금 여기서 자유를 느끼는 행복여행을, 두고두고 남은 빚을 갚아가는 감사의 여행을.

빛과 소리

2014

"하나님이 가라사대 빛이 있으라 하시매 빛이 있었고, 그 빛이 하나님의 보시기에 좋았더라." 성경 창세기에는 천지창조의 첫째 날이 이렇게 적혀 있다. 암흑의 세계로부터 분리된 빛. 인류 탄생의 신호탄이자 진화의 시작이었다.

그런데 창세기에 소리를 창조했다는 기록은 없다. 하나님의 말씀이 있을 뿐이다. 그렇다면 소리는 이미 하나님의 음성자체로 존재했던 게 아닐까? 요한복음에 그 답이 있다. "태초에 말씀이 계시니라. 이 말씀이 하나님과 함께 계셨으니 이 말씀은 곧 하나님이시라."

소리가 세상을 창조했다는 얘기는 곳곳에 있다. 빅뱅 이론 가들은 150억 년 전 우주의 한 점으로부터 어마어마한 폭발이 있었고 거기서 나온 빛과 소리의 파동이 우주에 흩어진 입자들을 뭉치게 하여 우주와 행성을 탄생시켰다고 한다. 티베트인들은 우주의 근원적 소리 옴(om)으로부터 만물이 창조되었다 하고, 멕시코 아즈텍 신화는 창조주가 침묵을 깨고 "세상이 생겨나라"고 말함으로써 세상이 창조되었다고 한다.

어린 시절에는 풍금치기, 스무 살 시절에는 기타 치며 노래 부르기를 좋아했다. 생도 2학년 하기군사훈련 때 원주에서 훈련을 마치고 태릉 육사까지 100킬로미터 행군을 했다. 그때 가장 힘든 고비마다 군악대가 나타나 소리로 우리의 지친 발걸음에 힘을 북돋았다. 기진맥진한 순간 멀리서부터 들려오는 군악대의 북소리, 없던 힘이 생겨났다.

나의 생도 시절에는 매년 10월에 육사, 해사, 공사 생도들이 모여 축구와 럭비를 겨루는 3사 체전이 동대문운동장, 일명 '성동원두'에서 열렸다. 북소리, 응원가, 젊은 사관들이 단체로 내지르는 우렁찬 함성이 한데 어우러진 그곳은 그야말로 소리의 향연장이었다.

마침내 기다리고 기다리던 골이 들어가는 순간, 누구의 신호도 없이 일제히 환호의 함성이 터져 나왔다. 내 입을 튀어 나간 찢어질 듯한 소리가 옆의 소리와 한데 뭉쳐 다시 아주 커다란 바위 같은 소리가 되어 내 귀로 돌아왔다. 우레 같은 그 생경한 큰 소리가 가슴을 요동치게 했다. 경기가 끝나면 승리했든 패배했든 함께 육사 교가를 불렀다.

"동해수 구비 감아 금수 내 조국. 유구 푸른 그 슬기 빛발을 돋혀 풍진노도 헤쳐나갈 배움의 전당. 무쇠같이 뭉치어진 육사 불꽃은 모진 역사 역력히 은보래 치리. 아아, 영용 영용 이제도 앞에도 한결같아라. 온 누리 소리 모아 부르네. 그 이름 그 이름, 우리 육사"

이 육사 교가를 부를 때마다 나는 온몸에 전율을 느꼈다. 내 목소리와 육사의 목소리가 보태져 만들어내는 소리가 소리의 합 이상이었다. 그건 집단의 소리가 만들어내는 자부심이었고 목숨을 내놓아야 할 세계로 우릴 이끄는 무엇이었다.

고백하건대 그 이후로 나는 사실 소리에 그다지 주목하지 못했다. 빛의 시대, 시간이 절대가치를 가졌다고 생각했다. 초당 30만 킬로미터로 달리는 빛처럼 일하는 것만이 바쁜 세상을 잘 사는 방법이라 여겼다. 빛에 비해 초당 340미터를 달리는 소리는 느림보에 불과하다.

그런 내가 소리에 다시 주목하게 된 때는 육군정훈공보실장 2년차였던 2014년, 군악기능이 정훈병과와 함께 일하면서부터다. 군악대가 뿜어내는 소리를 장병 정신교육과 정서함양, 군 홍보에 활용해야 한다는 책임을 느꼈기 때문이다.

소리에 대한 나의 견해는 한 권의 책을 만나 비로소 확장됐다.《잃어버린 지혜, 듣기》(서정록 지음, 샘터 출간)라는 책 덕분이다. 책은 소리와 듣기에 대한 많은 것을 담고 있었다. 책에 이런 내용이 있다. "태아가 수정된 지 며칠 내인 0.9mm 크기 때부터 귀를 발달시키고 4, 5개월이 되면 소리와 음악에 반응하게 된다. 사람이 죽기 직전까지 열려 있는 것이 귀다. 귀는 우리 몸에서 가장 먼저 열리고 가장 마지막에 닫히는 기관이다. 그래서 듣기가 중요하다." 후배들이 이 책을 읽기를 바라는 마음에 전역 직전 상당수를 군에 남겼다.

육군은 군악대를 행사 담당 병과에서 운용했다. 2사단 참모 시절(소령)과 육군본부 문화영상과장 시절(대령), 군악이 정훈과 손잡고 일하면 시너지 효과가 클 것이라 보고 노력을 기울였다. 그러나 판은 쉽게 바뀌지 않았다. 그러던 차에 2013년 9월 취임한 육군참모총장(권오성 대장)께서 판을 갈아주셨다. 2014년 1월 1일부터 군악이 정훈과 함께 일하게 한 것이다.

빛의 시대에서는 눈이 주인공이다. 군의 장병정신교육도 사실상 빛에 기초하고 있다. 국방TV를 보게 하고, 교육용 영상물을 시청하게 하고, 글을 읽게 한다. 초병은 눈을 부릅뜨고 적의 침입을 관측해야 한다. 낮에는 빛을 모아 멀리 보게 만든 망원경을, 밤에는 물체의 열을 빛으로 바꾼 열상장비를 눈으로 읽어야 한다. 모니터에서 한순간도 눈을 떼면 안 된다. 빛의 시대, 과학의 시대에서 볼 수 있는 군의 일상이다.

소리는 빛과 다른 존재다. 눈을 감아 빛을 차단해보라. 귀가 열리면 상상이 시작된다. 눈에 순종하던 내가 귀로 소리를 들으면, 비로소 내 안으로의 여행을 시작한다. 군 정신교육이 소리에 주목해야 하는 이유다. 늘 눈을 부릅떠야 하는 병사들이 잠시나마 눈을 감게 하여 조국을, 부모를, 전우를, 자신을 돌아보게 하라. 그래서 사랑하게 하라. 군악은 소리를 내라. 그냥 소리가 아니라 군대의 소리를.

이제 빛의 시대를 벗어난 나는 스스로에게 말한다. 아버지가 물려주고 내 아들에게 이어지는 쪽박귀, 소리를 듣기에 오히려 적합한 그 귀로 내면의 소리, 우주의 소리를 들으라고. 노래와 자유가 있는 길이 바로 거기라고. 나는 빛의 세계의 다른 편에, 소리를 벗 삼아 살아갈 길이 있음에 기뻐한다.

"새는 알에서 나오려고 투쟁한다. 알은 세계이다. 태어나려고 하는 자는 한 세계를 깨뜨리지 않으면 안 된다. 새는 신에게 날아간다. 신의 이름은 아프락사스다."

청년 시절 내 가슴을 두드린 데미안의 속삭임이 다시 날 깨우고 있다.

●

생각이
멈추는 곳까지

2016

2015년 1월 1일부로 나는 민간인 신분이 되었다. 스무 살에 군에 들어가고 이제 전역해 첫해가 되었으니 민간나이 스물한 살이 된 것이다.

민간인으로서 육군 정책연구위원이라는 직책을 맡게 됐다. 군 생활 동안 쌓은 경험과 노하우를 군에 기여하는 자리다. 매일 출근해야 하지만 현역 시절에 비해 내 시간이 많아졌다. 그래서 책도 읽고 글도 쓸 수 있는 여유가 생겼다. 서울 상명대학교 특임교수로 임명되어 이따금 대학 강의도 나가게 됐다. 감사하고 감사할 따름이다.

그리고 2016년, 민간 나이 스물두 살이 된 나는 데미안을 다시 읽었다. 고등학생 시절 두 번, 생도 시절에 한 번. 이번이 네 번째다. 데미안을 닮아간 싱클레어의 고뇌와 독백이 백발이 된 내게 익숙한 듯 생소하게 다가왔다.

　되돌아보면 하얀 빛만이 지배하던 시간들이 있었다. 주위가 온통 암흑 같아서 희망이라는 한 줄기 빛만 보고 살던 시절이 있었다. 스무 살, 내 삶은 빛이 블랙홀로 빨려 들어가듯 군대로 직진했다. 나는 희망이라는 한 줄기 빛을 쫓아 군대 속으로 빠져들었다. 시간이 지날수록 나의 신념에만 빠져 주위를 돌아볼 생각을 하지 못했다. 그렇게 기다란 그물 속으로 들어온 물고기처럼 한쪽으로만 터진 공간을 향해 앞으로 내달렸다. 그 끝 어딘가에 닿을 것이라는 막연한 확신이 나를 지배했다. 멀리 있어 볼 수 없는 건 희망이라는 이름표를 달고 있었고, 중간에 맞닥뜨린 것들은 용기, 책임과 의무, 헌신이라는 이름표 아래 무릎을 꿇었다.

　마침내 나는 군대라는 알 속에서 공기 알갱이의 저항을 견디며, 그 알갱이가 주는 양력을 받고 날아오를 수 있는 높이까지 날아올랐다. 그리고 나 스스로가 아니라 세월이 가져다준 균열이 알을 깨뜨릴 때가 되어서야 알 밖의 세상으로 나오게 됐다. 사실 모든 새가 알을 떠날 때가 되어서야 비로소 알에서 나오듯이.

지난 세월 동안 내가 본 것은 모두 빛이었고, 볼 수 없었던 것은 모두 어둠이었다. 나는 결국 빛과 어둠 속을 달려왔다. 나는 한 마리 새가 되어 아프락사스를 향해 날아온 것이 아니다. 어느 순간 아프락사스 속으로 들어온 채 여기까지 날아온 것이다.

군에 들어가던 스무 살 시절에는 알 밖이 밝은 빛의 세상이라 여겼고 그곳으로 나가기를 꿈꿨다. 하지만 오랜 시간 동안 알 속에 길들여진 한 마리 새에게는 거친 광야로 다가온다.

그래도 한 가지 사실은 변하지 않는다. 껍질이 없었다면 애초에 구속도 없었다. 껍질은 누가 만들었는가? 결국은 내가 만들었다. 문득 눈을 감아본다. 빛이 보인다. 날아오르면 세상은 자유다. 날아오르고자 하는 의지가 희망이다. 껍질은 의지 앞에서 깨진다. 자유는 의지다. 다시 눈을 감아본다. 빛 저편에서 소리가 들린다. 나는 눈을 감고 쫑박귀를 쫑긋 세워본다. 그 소리는 이불 위에서 버스를 몰던 소년의 목소리다.

소년이 나에게 묻는다.

'이제 다 온 거야?'

내가 답한다.

'아니. 알이 깨졌을 뿐이야. 네가 지금의 나를 몰랐듯이 또

다른 나를 향해 날아갈 거야. 이제 알이 깨졌으니까.'

  '거기가 어딘데?' 호기심 어린 소년이 또 묻는다.

  '나도 잘 몰라'

  내가 답하자 소년이 짐작했다는 듯 소리친다.

  '시간도 없고, 공간도 없고, 생각도 없는 곳 말이지?'

  나는 잠시 생각에 잠겼다가 답한다.

  '아니. 생각이 멈추는 곳까지.'

오르막길과 내리막길. 거친 길과 평탄
한 길. 오솔길과 넓은 길. 편했던 길과 고단했던 길, 위기의
길…… . 눈 감으니 지나온 그 길들이 까마득히 펼쳐진다.

그래서 문득 돌아본다. 안개에 싸인 지나온 산들이 높아져
있다. 내가 멀리 왔고 내려가고 있다는 증거다. 비로소 시간
과 공간의 질서 속에서 생각이 제자리를 잡는다. 세상의 곁이
호수처럼 고요하다.

기다려도 기다려도 끝내 오지 않은 엄마를 태운 버스, 차마
눈 감을 수 없을 때 너무 일찍 눈을 감아버리신 나의 아버지

와 어머니, 공부로 얻은 인생 버스표, 한 줄기 빛을 따라 빨려 들어간 군대로의 길, 빨간 신호등에 걸려 길 위에 멈춰 선 순간들. 제시간을 지키지 않고 제 공간을 벗어난 것들이 혼란을 일으키고, 나의 갈 길을 비틀고, 어쩌면 생명을 앗아갈 수도 있었을 텐데……. 생각해보면 모든 게 기적이다. "휴우." 깊은 숨을 몰아쉰다. 숨비소리가 난다. 살아 있다. 나는 아직 살아 있다.

질서란 정해진 시간을 지키고, 정해진 공간을 차지하며, 만물의 이치와 동행하는 것이다. 나는 군대라는 공간에서 군대의 시간을 보내며 군대가 요구하는 이치를 따랐다. 그 대가로 군대가 내게 줄 수 있는 최고의 시간과 공간, 보람과 긍지에 머무를 수 있었다. 나는 이제 군대가 아닌 시간과 공간에서, 군대와 떨어진 생각의 질서 속에서 산다.

이 책을 쓰게 된 것은 새로운 시간과 공간, 새로운 생각에서 비롯되었다. 군대를 떠나 새 시간과 새 공간을 보내고 있는 내게 어느 날 샘터사 김성구 대표가 모험에 가까운 제안을 했다. 몇 편의 습작 같은 내 글을 보고는 책을 써보라는 것이었다. 망설였다. 김 대표의 코치와 격려가 없었다면 책은 완성되지 못했을 것이다. 감사하다.

옛일을 더듬으니 시공간을 넘어 옛 버스를 타고, 옛 버스의 운전대를 잡은 기분이 들었다. 힘들지만 행복했다. 아내와 세 아들은 늦은 밤, 때로는 새벽까지 탁자에 웅크린 채 노트북 자판을 두드리는 나의 모습을 걱정 반 기대 반으로 지켜봤다. 어느 날 막내가 물었다.

"아빠, 그 책 언제 나와요?"

"초여름쯤 될걸."

"근데 누가 사볼까요?"

"……"

나는 대답을 하지 못했다. 그런데 내 가슴속에서 나의 아버지가 대답했다. '애들아, 너희 셋만 봐도 된단다.'

꼭 그렇지는 않은데……. 우리 아버지, 우리, 우리 아들과 딸들, 그들의 후손들……. 시간과 공간, 그리고 생각을 껴안은 생명의 반짝거림. 지금 여기가 좋아 그 자리에서 바위가 뇌녀 해도 우리는 결국 어디론가 흘러가게 돼 있다. 맞다. 그게 질서다.

그 질서가 마침내 생각조차 무너뜨릴 것이 분명하다. 꿈조차 나눌 수 없게 말이다. 이 책을 쓴 진짜 이유다.

소년과
장군

1판 1쇄 발행 2016년 6월 15일
1판 2쇄 발행 2016년 7월 25일

지은이 이붕우
펴낸이 김성구

책임편집 김민기
단행본부 박혜란 이은정 나성우 김동규
디자인 여종욱 문인순
제 작 신태섭
책임마케팅 손기주
마케팅 최윤호 송영호 유지혜
관 리 김현영

펴낸곳 (주)샘터사
등 록 2001년 10월 15일 제1-2923호
주 소 서울시 종로구 대학로 116 (03086)
전 화 02-763-0066 (단행본부) 02-763-8966 (영업마케팅부)
팩 스 02-3672-1873 **이메일** book@isamtoh.com **홈페이지** www.isamtoh.com

ISBN 978-89-464-2031-1 03810

이 도서의 국립중앙도서관 출판시도서목록(CIP)은 e-CIP 홈페이지
(http://www.nl.go.kr/cip.php)에서 이용하실 수 있습니다. (CIP제어번호: CIP2016013507)

값은 뒤표지에 있습니다.
잘못 만들어진 책은 구입처에서 교환해 드립니다.